媽媽語錄

陳秋霞

目次

序 汪曼玲 6
自序 8

第一章 童年回憶
我的藝術之路 12
擁抱初心 18
對電影藝術的憧憬 24
媽媽的抉擇 30
字體的黃金比例 34
母親比誰都堅定 39
我愛年糕?! 44
紅色喜帖 51

第二章 快樂地成長
不聽媽媽的話 58
狗不理包子 63
誰來站C位? 69
電視汁撈飯 73
嚴父慈母 80
懷念那繫在脖子上的圍巾 85
爸爸的情人 91
四個和弦走天涯 97

第三章 踏進繽紛的世界
剪刀,請你迴避吧! 104
額頭不能蓋,好運隨著來 110
饞嘴之過 115
一個淒美的結局 121
我的第二道彩虹 128
戴珍珠耳環的女孩 133
結婚三部曲 139

第四章　在馬來西亞的時光
蚊子大作戰 146
馬六甲風光 150
洗菜論 154
我的持家之道 158
台式早點 162
賤人館 166
難為了主婦 171
善行 175
一首兒時學的歌 180
媽媽的偶像 185
十全十美 189

第五章　與孩子互相學習
媽媽是恐龍？ 194
幸福 1010 199
小狗 7+3 202
驚喜連連 123 206
我死給你看 211
當 Mr. Sun 遇上 Mr. Jay 214
我行我素 218
不一樣的九珠連環 225
化腐朽為神奇 232
我倦了 236
疾病，真的這樣可怕嗎？ 241
期待秋夕 247
媽媽是演説家 253
思念的季節 257

後記 261

序

汪曼玲

秋霞在娛樂圈時跟她一點都不熟，今次的結緣想不到是因為她的白頭髮。這半年來，我剛在YouTube開了一個頻道，就想到了找一些堅持保留白頭髮的藝人來談談不染髮的真實原因。

於是我嘗試找找秋霞，跟她談談這個題目。在不斷的聯絡中竟變成了《快拍．曼鏡頭》上下集的訪問，短短一週內超過廿萬的點擊。也從中了解到秋霞有意出版她第二本書《媽媽語錄》，來紀念百年冥壽的陳媽媽，而且今年二〇二四又是她入行五十週年，我覺得這本書對她而言是相當具有紀念意義的。

我願意充當中間人，介紹香港三聯和秋霞接觸，終於達成了合作出書的協議，並且能趕及七月份在書展推出。

和秋霞頻繁接觸這一段時間裡，我非常欣賞她。雖然在娛樂圈七年，她完全沒有沾染到任何惡習。她非常純品，本質簡單。正如她媽媽所説，她是個最不貪靚的明星，她對母親的孝順沒話説，作為一個妻子及媽媽，四十三年來都克盡了本分。雖然嫁給鋼鐵大王鍾廷森，卻不以豪門名媛自居，來往密切都是一些普通的家庭主婦，學畫畫及練書法，生活絕不奢華，為人樸實。這十幾年來，她致力做善事，幫助他人。就算女兒找結婚對象，也不會要求對方以金錢地位作為選擇的條件，對她來説，只要真正愛她的女兒及愛家庭，她已經很滿足了。

我很佩服秋霞，她活得非常自在及從容。

很高興可以為秋霞寫序，也預祝《媽媽語錄》一紙風行，籌到更多款項幫助到有需要的弱勢社群。

自序

早在兩年前就開始籌備《媽媽語錄》，想要在二〇二四年，母親一百歲冥誕為她寫一本紀念文集。我不擅長寫作，閒來為報章雜誌寫一些生活筆記是我的興趣。嚴格來說，《媽媽語錄》算是我第二本著作，上一本《因緣．音緣》出版已是七年前的事。

不是因為七年之癢，而是感懷自己年紀不小了，趁著對母親的回憶還未減退，思念卻愈加濃厚的時候，將我們母女之間的生活片段，以及她對我所說的話，用最純真的文字記錄下來。

在寫文章時，需要搜尋一些往日的照片。無形之中就像在一一填補我記憶中的空缺，同時也感覺是為自己寫前半生回憶錄一樣。

對我來說，這是寫這本書帶來的意外收穫。

我從來沒有想過要寫自傳，因自覺資歷不深，但是母親既然為我啟動了這一段精彩的人生，何不欣然接受，好好地生活，繼續為往後的日子寫下新的篇章。

第一章

童年回憶

我的藝術之路

一般人都會認為我從小是在一個藝術家庭長大的。媽媽既是藝術愛好者，理應對女兒多加訓練，寄以厚望，將來可以有一番作為。可是理性的推斷往往跟現實有些差異，而生活拮据是主要因素，令理所當然的事情有所轉變。我的藝術路從來就不是贏在起跑線上，甚至可以說是困難重重。慈祥的母親差一點成為遏止我在起跑點出發的「元兇」。

從我有記憶開始，我的家是坐落在九龍的高尚住宅區。家門前是一大片空地，還有一塊種著一些不知名花草的花圃。兒時就跟著哥哥和鄰居的小孩嬉戲玩耍，真像一班不知天高地厚的野孩子。時而「舞刀弄槍」（那是從粵語武俠電影學來的功夫），時而捉各類小昆蟲排隊列陣，戰鬥場面絕不會比楚河漢界的中國象棋遜色呢！

說自己是野孩子，的確是帶有自嘲的成分。其實我也有文靜乖巧的時候啊！離我家不遠有一所芭蕾舞學校，而我每天都會耐心靜待從那邊傳來的鋼琴聲。偶爾也會看見一班穿著芭蕾舞衣的小女孩經過，令我羡慕不已。我總愛幻想在課室裡會是多麼熱鬧的一個情景。還記得有一首旋律輕快的舞曲，讓我留下深刻的印象。每當音符跳動時，我會跟著節奏蹦蹦亂跳，這也讓我萌生對學音樂的興趣和決心。

我心目中的媽媽是萬能的，而且有求必應。沒想到當我向她提出要學鋼琴和跳舞時，她竟搬出一大堆理由來拒絕我。學跳舞後小腿會變粗，家裡沒多餘的錢繳學費，更加買不起鋼琴。那畫畫呢？

我們起碼買得起筆和紙吧！媽媽卻說當畫家只能在死後才出名，幾乎都潦倒終老。這大概也是深受粵語文藝片的橋段所影響。

當時才不到八歲的我，第一次接觸到金錢這個話題。我真想不通，也對錢沒什麼概念。我們家不是生活得挺好的嗎？不愁吃（是媽媽把最好的讓給孩子吃），不愁穿（是媽媽每年都為我們縫新衣）。錢，到底有多重要？

一個小學四年級的學生，在無助的情況下，唯一能依靠的就是學校老師。

我毅然決定找在校的音樂老師，懇求她免費教我鋼琴。回想起來，我哪來這麼大的勇氣？可能小孩子的心態比較單純，沒考慮後果就去做。我慶幸和藹可親的麥老師毫不猶豫就答應我了。性格倔強的女兒以為憑自己（其實可能只是一時衝動）爭取了機會，媽媽也再沒有理由反對了吧！但是小孩子根本不知道真實的家庭狀況原來沒有想像的那麼好……

天真爛漫的我靠在父親的汽車旁，滿足的笑容背後藏著一段勵志的故事。

家裡旁邊這間「咖啡屋」餐廳是五十至七十年代紅極一時的打卡位，留下很多大明星的足跡。樓上是芭蕾舞學校，而我所站的台階是我的「私人舞台」。夜深人靜時，我愛在這裡「表演」，包括練一字馬！

擁抱初心

盼望已久的第一堂鋼琴課終於來臨了。還好媽媽終肯讓步，親自陪我走路到這個地址：九龍塘窩打老道一百四十四號。為什麼記得這樣清楚？其實這棟房子離我舊家不遠，只需二十分鐘步行時間。我的家連同「咖啡屋」一帶早已重建成為高層公寓，但門牌一百四十四號這房子至今仍在。每當我坐車經過時，我都會下意識地探頭看望，似乎想要找回一些舊日和母親走過的足跡。

走進這棟房子的第一個印象是，它的面積比我家大得多！母親將我留下，叮囑我不要亂跑，我也真怕自己會迷路，乖乖地坐在軟綿綿的沙發上等候麥老師。那個不應該出現在小孩子心中的疑問又重現了：「老師到底多有錢啊？家裡有鋼琴，又有那麼舒服的椅子，更不收我的學費。我長大後一定要學她一樣……」我看我當時已第一時間封老師為偶像，將陳寶珠、蕭芳芳置之腦後了！

短短的三十分鐘，終於讓我首次觸摸到那黑白琴鍵，與音樂結下不解之緣，並開啟我一生離不開的藝術之路。下課時，麥老師送我一包叫「bar six」，共六塊的巧克力。其實在上課時，老師早已將它放在鋼琴左側，以起鼓勵的作用？還好我沒有因此分心，反而更加努力聽課。

回家途中，我一手牽著母親的手，一手拿著巧克力，邊吃邊說關於上課的事情。她吩咐我要留三塊巧克力給哥哥。我帶點不情願地說：「天氣這樣熱，待我們走路到家門時，巧克力會融掉的呀！」不管怎樣，我還是聽從媽媽的話，讓哥哥也分享這從來沒吃過的

「天下美食」。

上課不用繳學費，對貧窮的學生來說的確是最大的推動力，但是平時練習總得有鋼琴才行，不可能老是用那個比A4紙大一點點的玩具呀！母親把我帶到她三妹的家，告訴她關於我學鋼琴的事。我雖沒親耳聽到阿姨說的話，但事後母親告訴我：「三姨說我們家連飯都快沒得吃了，還想學彈鋼琴？」阿姨兩夫婦都是鋼琴老師，家裡有兩台鋼琴，但是印象中我每次到他們的家，阿姨都會馬上將鋼琴鎖上，我連碰它的機會都沒有。不管阿姨是否真的說過那番話，還是母親想故意激發我的鬥志。對一個才八歲的小孩來說，那一把鑰匙在她面前所發出的「咔嚓」一聲，比任何的言語還要沉重，也鎖定了她日後頑強的毅力。

母親想盡辦法，到處尋求一個可以讓我練習的地方。原來我們

照片背景可看得到僭建的帳棚和簡陋的窗戶，但當時背著書包，穿上聖三一幼稚園校服的我非常天真，以為自己真的住在「高尚住宅」呢！

家三樓的「鄰居」，一位當醫生的英國人的家裡有一台鋼琴，這位老先生可以讓我一星期去兩次。為什麼鄰居要用上引號呢？那是過了兩年後，我稍為懂事時才獲知的一個事實。原來一直以來，我住的所謂「高尚住宅」，是這些「鄰居」住的房子地下僭建的停車間，大概是兩三個停車位的大小吧！

還有一件相似的妙事，就是我認為那棟比我家大很多的學鋼琴的房子，其實也不是麥老師的家，而是一間基督教神學院。依稀記得媽媽說過我的第一志願是當傳教士，可能也是與這神聖之地有關吧！

多天真的小孩啊！用現代潮語形容當年的我等於「自我感覺良好」。童真是多麼的可貴！我幾乎不願意接受自己已經長大，甚至是一位年邁老人啊！年紀大的人顧慮太多，想法當然很不一樣。不過在我的生命中，唯一不變的信念就是，我從來不覺得貧窮是成功之路的障礙。讓我們擁抱著初心，走我們認為對的路。

從十三歲開始當起鋼琴老師，賺到微薄的學費，勉強分期付款買下這台鋼琴，現在還存放在香港的家。

對電影藝術的憧憬

很難想像一個才五歲的孩童對電影會有著那麼深刻的印象，更因為對這門藝術產生憧憬而決定以它為自己的職業。這一切可能要從我小時候開始接觸電影說起。我雖然不是電影世家出身，但因父親在片場工作的關係，很幸運地，每逢拿到免費票，甚至不需要票，他都會帶著我進戲院。是跟母親拍拖？還是為了吹吹冷氣？那就不得而知。因為我年紀實在太小。

在我記憶中，第一次進電影院半懂不懂地看的電影是一九六二年發行的《獵獸奇觀》。這部戲是由銀壇鐵漢 John Wayne 所主演的，主題曲 *Baby Elephant Walk* 更是風靡全球，橫跨半個世紀。相信由三十後至八十後的觀眾，只要聽到那段用口哨吹的前奏，都不期然會哼起整首歌的旋律。這真的稱得上是經典中的經典啊！

以我當時的年紀，怎麼會對這部電影留下印象？對一個五歲的小孩來說，充其量就是從大銀幕看到很多動物在走動吧。但我跟別的小孩不一樣。我居然認錯男主角是自己的父親！還在戲院裡大喊爸爸。小丫頭不懂什麼是尷尬，只想知道，為什麼父親會跟那金髮美女在一起呢！心中有著莫名的不快，相信「吃醋」這感覺是第一次出現在我小小心靈中。

後來母親解釋因為父親跟 John Wayne 長得很像，很多人也是這樣認為。可惜父親不會騎馬，英文程度也不高，不然的話，他早就可以進軍荷里活啊！從那時開始，我就常在我的「小朋友圈子」中（其實只不過是那幾個鄰居）炫耀自己的爸爸有多威風，樂在其中。

時隔多年之後，只記得這個鄰居姓歐。

對電影明星有點認識後，我開始注意各種與電影有關的事物。有一天，母親告訴我姊姊要去拍電影了。嘩！我將會有一個當明星的姊姊？我一直期盼能看到姊姊的表演，也終於等到了。母親說要帶我去看《教我如何不想她》這部歌舞片，而姊姊會在戲裡跳舞，這是多麼神奇的事情啊！

在漆黑一片的戲院裡，

我看見的是姊姊臉部光亮的大特寫，好看極了！我大聲喊：「姊姊，是姊姊呀！」這一次是真的啊！這美妙的片刻，觸動了我對電影藝術的憧憬。突然一聲巨響，驚醒了我腦海中像夢一樣的畫面。那是葛蘭演的女主角從舞台的升降板上失足跌落地面的聲音，電影的結局原來是要讓她失去生命。

又是那種似懂非懂的感覺讓我很懊惱，我差一點快哭出來了。我卻慶幸姊姊不是女主角，不然我以後就看不到姊姊了。那一年，一九六三年，我才六歲。

雍雅山房是香港人的集體回憶，是很多明星的聚腳點，當然包括我和冒牌 John Wayne 啊！

我和姊姊感情特別親近。她會陪我玩洋娃娃，買新衣服給我。
這羽毛頭飾也是她送的。

媽媽的抉擇

我從年輕開始就很喜歡手錶，所選的卻不一定是很名貴的，價錢可以從兩位數至六位數不等，甚至一些免費贈品，只要是設計特別，我都會收藏起來。當然，儲存的地方也會因價值不一樣來作決定。

為什麼會對手錶情有獨鍾？可能是小時候第一次看到母親哭泣讓我留下深刻的印象。媽媽出身在相當富裕的家庭，卻下嫁了收入一般的父親。生活方式不得不稍作調整。從有司機傭人伺候的日子，開始學習做普通家庭主婦。記得當天在他們在乘搭巴士途中，媽媽發現名貴手錶被弄丟了。當時我應該只有七八歲。聽到媽媽的哭訴，也不太明白為什麼巴士和手錶會成為罪魁禍首，但是看到她哭成這樣，小小年紀的我已下定決心，將來要買一枚手錶以彌補媽媽的傷痛。

在我還沒有實現我的「宏願」前，升初中那一年就先收到媽媽送我的人生第一枚手錶了。可能她覺得手錶是小孩成長過程的印

媽媽是永遠走在潮流尖端的時代女性，包括選擇自由婚姻。

金錶帶應該是手工打造的，想要再次戴上這錶，除了減重，別無他法。

證，那我呢？買了那名錶送她了嗎？當然有，卻又不算是有。這話怎麼說？因為當我賺到一些錢的時候，她選的是另外更貴的品牌。或許她早已忘了她的傷心事。在這方面，她比女兒豁達樂觀多了，這是值得替她高興的事。

相比之下，我的性格比較固執，往往會為一些不可挽回的事耿耿於懷。

就如我為了老公送我的第一份禮物，一枚鑽錶而念念不忘。剛結婚時體重不到五十公斤，手腕很細小，所以我要把那金錶帶切短。店老闆叮囑我千萬要好好收藏那一厘米的金子，以後體重增加還可以接駁。這事情怎麼可能發生在我身上？所以我就隨便放在香港住家的一個抽屜裡。不料有一年家裡進賊了，那識貨的小偷居然連這塊不起眼的金子都不放過。

年輕時也真沒想過手腕的尺寸會隨著身形而改變！當了媽媽以後就再也不能「擠」進那枚手錶了。可惜我的孩子沒洞悉媽媽的「傷痛」，不然，她們可能也會下定決心買一枚新的送我。只能慨嘆，一代不如一代！

字體的黃金比例

上一篇提到母親是我的第一任形象顧問。出身於富裕家庭的她，對時尚的觸覺自然比一般同年代的女性敏鋭多了。她常説我當明星時所穿的服裝，她早在年輕時都已穿過。她最喜歡講述她少年時乘坐的汽車，兩旁還可以站兩名侍衛。那不是在電影裡才會出現的畫面嗎？我小時候聽了半信半疑，但看著媽媽眉飛色舞的樣子，也不想打斷她的話題。我想，當長者緬懷自己少女的生活時，總會代入那花樣年華的光景中，我也不例外。

接近一百年前，女性接受教育的不多，只因有句話説「女子無才便是德」。當時的婦女為了一個「德」字，錯過了很多機會。

但是在我眼中，我的媽媽幾乎可以說是文武雙全的新女性。寫字畫畫只算是基本功，精通繡花女紅才是大家閨秀啊！武的就更不用說了，騎腳踏車、踩雪屐（滾軸溜冰），甚至耍功夫也難不倒她。

記得她閒來就拿一根竹子在舞劍，可惜我們的住家空間太狹窄了，沒有用武之地。我倒不只一次親眼看過她擺出一字馬的英姿呢！她也樂得在我們面前表演伸展筋骨。當關節之間發出聲音時，我都會覺得自己的四肢也跟著痛起來。後來在李小龍的電影也出現過類似的一幕。

媽媽年輕時常談到外公的事跡，可惜他在我出生前已過世了，所以小時候只能憑著媽媽所描述的故事想像，他應該是一位地位顯赫的風雲人物。隨著時代進步，現在只要通過網路，輸入外公的名字「翁半玄」，很多資料都呈現在眼前，無形之中將我和外公的距離拉近了。

朋友平嘉華從台灣的網站找到外公更詳細的資料，而曾木華老師更替我從拍賣網找來一幅他的墨跡照片。一下子，賢情學堂都熱鬧起來，師生都興致勃勃地談論我對書法的興趣會不會是來自外公，是否真有隔代遺傳的因素……

其實我想，基因的傳承是無可否定的。但是，母親從我第一天會執筆開始就訓練我寫字。「部首低一些，右邊要重一點」，暗地裡，黃金比例的概念早已牢牢記住了。

第一次跟家人遊覽香港中文大學，當年十歲，已經開始對書法產生興趣了。

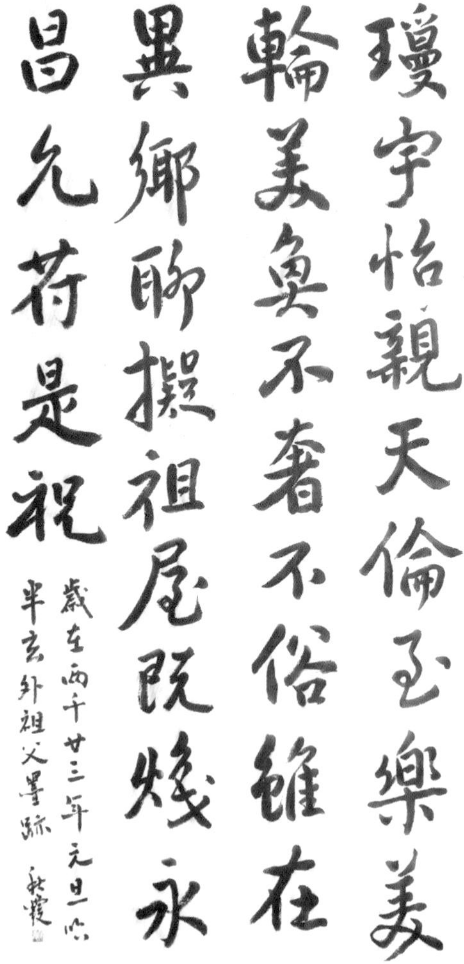

在拍賣網找到外祖父墨跡的記錄，雖然無緣親睹這幅書法的風采，但是身為子孫的我，應該用心去臨摹學習，讓我的 DNA 再激活起來。

母親比誰都堅定

剛過去的母親節，我接受了一連串的媒體訪問，包括報章、雜誌和電台。似乎因為抗癌的關係，我在人前人後已成為充滿正能量的勇士，是堅強女性的典範。訪問總離不開治療的經過和心理壓力的調整。有時候我會要求造訪者避重就輕，患病的事略略帶過就好，畢竟已經是七年前的事，不用一再強調或整天掛在嘴邊。

比起我的母親，她因癌症承受的痛苦遠超過我經歷的。兩母女對自己患病所抱的態度卻不太一樣，她選擇隱瞞而我卻大方公開。我毫不忌諱地接受訪問，到大學去講座。在別人的眼中，我永遠是處於備戰狀態。為家庭付出，為理想追夢，為公益努力。我在想，每個人的際遇不同，其實我沒有想像中的能幹，但是如果憑我的一點點光可以照亮別人，我還是很願意的。

人，總會有脆弱的時候。有誰可以想到，整天笑容滿臉的我，會是一名不折不扣的「大喊包」？記得小學剛畢業，我的世界開始有所改變，雖不至於陷入叛逆期，但總覺得自己是在失落迷惘中度過。主要是因為轉讀全英文的中學，功課有點跟不上。開學第一天，我連時間表也看不懂。以前每年考試都在前五名之內，當第一次看到成績表上打的分數是紅色時，是何等的打擊！

另外，教我鋼琴的恩師要結婚了，她要搬去港島半山區的新家居住。當時我是她唯一的學生，她本來可以將我辭退，可能是看到我的用功又缺錢交學費，勉強把我留下。但是，港島與九龍相隔維多利亞海港。當時沒有海底隧道和地鐵。我要去老師的家，只好先

小時候，母親常帶我到公園去。勇敢爬到滑梯上，是向她學習堅強態度的第一步。

乘巴士，然后轉搭船，再換巴士，花接近兩小時才能到達。對一個剛滿十一歲的小孩來説真是太吃力了。我通常在去的路途上盡量利用時間，打開琴譜放在大腿上拼命練習。回程時卻真撐不住了，每次都在巴士上呼呼大睡。回到家已經是吃晚飯的時候了。

無論我多愛彈鋼琴，也敵不過體力的消耗。不止一次，我的腦海浮現「放棄」這兩個字。多少個星期三下午，當電話響起的時候，我多麼希望是老師打來說不用我去上課。一九六七年，香港社會出現動盪不安的局面，我心中有個疑問，到底還要繼續學下去嗎？母親比誰都堅定，叫我絕不能放棄。她只是不放心我獨自去這麼遠，每星期都會陪著我去老師家。為了安全，還勉強湊錢坐計程車往山上的路撐上去。就是這樣撐著撐著，我們終於熬過了。

局勢回復平靜，但老師懷了第二胎，再也不能授課了。我只好轉去她介紹的 Ms Der 繼續學鋼琴。但是，當我考慮到學費時，又再面臨另一次考驗……

從小到大認定一個目標，所以二○○六年的唱片主題設為《放飛夢想》。

學業上遇到挫折只是人生中的階段，轉眼我已畢業五十年了。

我愛年糕?!

曾經讀過不少名人的傳記和有關他們童年的故事，似乎主動公開小時候貧窮的家境已經變成一種時尚的表達方式。標榜白手興家的事跡確實可以帶來滿滿的正能量，讓年輕人朝著這個方向出發。但是，也要本身成功以後，再來談及他們的過去才能起作用啊！因為貧窮的童年生活與長大後的成功不一定成正比的。

我不敢說自己生長在一個貧窮的家庭，但是媽媽總是跟我說，每當債主找上門時，我們都要找地方躲起來，也因此每次看回老照片時，我的女兒就會懷疑我口中所說的「窮」的真實性。她們會質疑外婆為什麼還會帶著照相機去逃債。從而我也心存疑惑，重新思

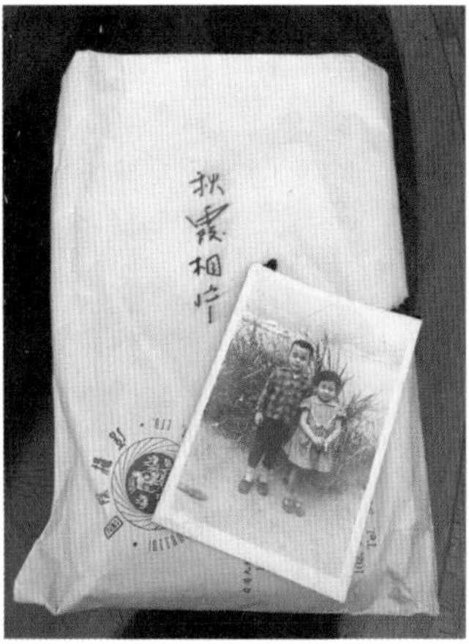

傳說中避債時期拍的照片，放在一個泛黃的信封裡，上面還保存了父親的筆跡，非常珍貴。

考媽媽所說的到底是真是假，但也無從得知。

不過，總有一些比較可靠的真實個案，那就是每逢農曆新年，我們都很少去親友家拜年。因為媽媽說要算好紅包的數目，不是怕虧錢，而是根本沒有錢，一旦收到紅包後就換個紅包封，馬上回送出去，這種「過眼雲煙」

的情況，常常出現在我眼前，印象非常深刻。可能因為這個原因，小時候對錢沒有什麼概念，但是，畢竟是小孩子嘛，總會對應節的糕餅有所期待！

我的家鄉在蘇州，爸爸在上海長大，所以上海炒年糕是我家不能缺少的過年食物，也是我每逢年初一皺著眉頭吃的「好東西」。白白的麵塊，配上一些青菜，淡淡的味道，卻讓那種窮兮兮的感覺悶在心底。爸爸的一番心意得不到預期的反應，換來的當然是一頓責罵！我心在想，鄰居的年糕怎麼看起來都比我們家的好吃多了，起碼是甜甜的。

十三歲開始當起鋼琴老師，也替小朋友補習功課，收入雖不多，至少也夠負擔起自己學鋼琴的費用，剩餘的還可以給父母一些家用。家裡環境得以逐漸改善，就連年糕的款式也豐富起來。終於

雪菜毛豆炒年糕，散發著淡淡的溫馨。

如願以償能品嚐鄰居那款年糕，才發現那些甜到黏著牙齒的傳統年糕原來不是我那杯茶。我偶爾也會特別要求爸爸親手煮他的拿手好菜，眉頭再也不皺了，多年的悶氣也釋懷了。

跟父母相處，雙方都需要忍耐與包容，這是永恆的定律，相信不會有太多人反對我的説法。年糕的糾結剛解開，卻又因為不愛吃甜點而受到媽媽的埋怨。她居然下定論說我是一個不愛親戚的人。這又是什麼規條呢？是源自她家鄉潮州嗎？當時，我多希望我的家鄉是遠在荒蕪之地，起碼可以省掉很多繁文縟節了。

其實，媽媽從來沒察覺每次有姨媽姑姐來訪時，我定會板著臉迎向她們的原因。那是因為她總是「吩咐」我表演彈鋼琴。最要命的是那班座上客只顧七嘴八舌地用潮州話來聊天，根本沒聽我彈奏。不管她們是否聽得懂音樂，還是我不明白潮州話，正處於叛逆期的我，覺得沒有受到尊重。所以說，我不愛親戚與吃不吃甜點是完全無關的。

為了繼續與親戚搞對抗，在媽媽面前，我乾脆表明不吃甜食，以行動支持她的偉論，明明很想吃卻也堅持拒絕。我所謂的甜品頂多只是兩片消化餅而已，回想這種帶點幼稚的行為，最終只會是跟自己過不去，唯一的好處就是吃不胖吧！

當時我的演藝事業正要開始，高挑的身材，倔強的形象讓我嶄露頭角。媽媽為了照顧我，不分晝夜地陪著我進出攝影棚和錄音室。忙著當「星媽」，自然無暇跟那些姨媽姑姐來往，也因為與她們疏遠，結果得到「女兒當明星，翻臉不認人」的罪名。這些冷言冷語對一位永遠把親情放在第一位的她來説，想必是多難受，只不過她都能夠處之泰然。印象中，她從未提及這一段不快的經歷，但是我心中明白，她所受的委屈，是我一生都無法補償的。我能做到的，只是永遠愛護她、照顧她。

隨著年齡增長，味蕾也起了一些變化。慢慢地，我開始愛上了甜點，也更加關心我的家人。看來媽媽的偉論已漸漸生效，尤其意識到跟父母相處的時間將會愈來愈短，每逢農曆新年，我都會陪他們一起度過。我才發現在那麼多種年糕中，原來他們最喜歡吃的是馬來西亞椰子味的。直至父母離開後，我還是依照傳統去準備各式各樣的糕點，有時候也會做爸爸那道名菜，還好沒有讓孩子嫌棄。記得有一年大年初一，有一隻鮮黃色的大蝴蝶在糕點上徘徊，我笑著跟孩子說，外婆換了新衣來探望我們。我心裡想，可能她想查探一下到底是上海年糕受歡迎？還是潮州的鼠殼粿勝出？

紅色喜帖

從八歲開始跟第一位鋼琴老師麥意蘭學彈琴，成績一直都很優異。學了兩年就跳級考到英國皇家音樂學院第四級。記得優等分數的標準是一百三十分以上，而證書上面的字是紅色的。媽媽雖看不懂英文，但只要看到紅色的字就會誇獎我。其實我也看不太懂，首次接觸 distinction 這個英文字，雖然長了一點，但我已經設定了這將會是我未來奮鬥的目標。

由於麥老師懷孕，她介紹我轉去跟另外一位老師 Ms Der 從第五級繼續學。當時我也剛升中學，而 Ms Der 的家離學校不遠，終於不用「攀山過海」上課了，應該開心都來不及吧！沒想到上第一課就要面對一個難題，那就是老師收的學費超出媽媽的預算，幾乎是等於當時普通上班族的半個月薪水。那時候我才真正意識到學鋼琴的確是有錢人才能負擔得起的。

童年時天真的想法，以為每位老師都一樣不收學費。都已快十一歲了，也該是時候喚醒自己吧！好不容易找到一份補習老師的工作，難得那位家長很信任我，讓我替她女兒補習英語。我英文本來不怎麼樣，但一直有唱一些英文民歌，也聽披頭四、Bee Gees。發音方面算是挺不錯的。

兩年下來，我們每天都在課上唱歌學英語，碰到不懂的字就一起查字典，上課就像陶醉在音樂世界裡一樣。雖說是「師徒」，其實我只比她年長兩歲而已。說也奇怪，她的成績單居然由紅變藍，尤其英文科目，進步特別明顯。除了因為這位學生天資聰穎，也證

鋼琴上擺放著考試證書，是平時練習的推動力，希望在學習音樂上能等到開花的一天。

明學習的氣氛會直接影響心情，而輕鬆讀書總比填鴨式教學更能啟發學生的潛能。

從家長一個接一個傳出去，我這位補習老師的口碑在街坊鄰居中已廣為人知，學生也愈來愈多，所以我再也不需要為學鋼琴的費用而煩惱了。可是也因為這個原因，我根本沒有足夠時間練琴，導致成績不像以前那樣好。在連續五級和六級的考試，我居然拿不到紅色證書！雖説還是有綠色的merit，但對只會認紅色字的媽媽，我該怎麼解釋呢？

記得我拿著那張「綠卡」在家門口徘徊了很久，還設計了一些對白準備要向媽媽坦白。出乎意料的，她卻處之泰然。可能在她心中，紅和綠甚至黑色根本不重要，只要看著女兒繼續為音樂而努力，就是她最大的安慰。

我答應母親要好好學下去，一定不會辜負她對我的期望。於是我毅然辭去當補習老師的工作，改在週末兩天教鋼琴並在教堂當司琴。所賺來的也勉強夠付自己的學費和購買琴譜，因為級別愈高，所用到的琴書就愈貴。

一個才十四歲的少女，本來就不應該為金錢而煩惱。撇開這個包袱後，我的狀態回勇，比以前雙倍的下苦功。到了終極的第八級考試，我再次拿到那張紅色「喜帖」。記得當時我和 Ms Der 雙雙雀躍地跳起來，而這個到現在還歷歷在目的畫面更成為以後扶持著我的推動力。

好不容易從箱底下找到這些佈滿歲月痕跡的戰利品，不禁令我唏噓不已。

多年來的練習讓我隨時都能彈琴，自得其樂，成為我現在的好夥伴。

第二章

快樂地成長

不聽媽媽的話

以前香港有一個叫海心廟的地方，是靠近土瓜灣碼頭那一帶，原址已開闢成為海心廟公園。在我的舊照片中有一張我跟哥哥在海心廟附近拍的。據媽媽說她當時是帶著我們兄妹倆避債逃到那邊。她每次描述我們以前窮困的日子都相當有「戲劇性」。她常說，我天生忌水，每次帶我去海邊，回家後定會發病。現在想起來，可能是逃債時嚇到發燒也不一定。

話說回來，母親的話也未嘗沒道理。因我曾經兩度遇溺，差一點命喪海裡，所以她一直提醒我要避開有水的地方。第一次發生意外是九歲時跟父親去坐船，父親所屬的公司為員工租了一艘船，辦

誰會相信照片裡的我還不到十歲？樣子看來挺有性格的，其實是因為陽光太猛而睜不開眼睛。

一天家庭同樂日。同行的都是父親的同事和他們的家眷。當時那艘船停泊在靠岸邊的海中，讓大家游泳去沙灘上玩。我雖只有九歲，但我的高度令很多人都誤以為我是個十來歲的少女，所以沒有人把我當作小朋友看待，父親也就讓我在甲板上跳來跳去。那時我看到一個粉紅色的貝殼，想要把它撿起來，一個不留神，竟然從船上掉進海裡！船上所有人都嚇壞了，好幾位叔叔跳進海裡卻找不到我。

全靠父親臨危不亂，看到我在海中掙扎時露出一隻手掌。他根本不熟水性，但救女心切，顧不得自己的安危。他扶著船上的窗框，敏捷地拉著我的手，然後拼盡全力把我從海裡救起來。我很感恩，自己的命是父親撿回來的。記得當他把我救到船上時，我另一隻手還緊握著那漂亮的貝殼。那寓意著什麼？認定目標，永不放手？小孩子做的事情也不應該用成年人的想法去分析吧！

不聽母親勸告的後果，讓我再次遇上危機。在十來歲的時候（根據照片顯示，我臉上已開始長肉了，應該是十二歲後），媽媽與友人帶著我們一群頑皮的小孩到新界上水一日遊。池塘上有腳踏的水上單車出租，我們居然把它當成碰碰車，大膽玩起「穿梭互相換人」遊戲。終於樂極生悲，我們的單車翻了，我又掉進水裡，被壓在底下的泥濘中！途人好不容易把我們四個小孩拉上岸，我全身都是泥巴，像從尼斯湖爬出來的水怪，身上的衣服更惡臭難聞。

不知道母親一時之間從哪弄來一套花花綠綠的上衣和褲。一眼就看出來是那種鄉村阿姨穿的款式。但是，在沒辦法之下，再不願意也得換掉那些髒衣服啊。最後，我只好以一身村姑裝扮乘火車敗興而歸。當時有沒有拍照留念？我當然不會這樣做。就算有，照片也應該早已被我毀滅了！

穿上母親親手做的裙子，興高采烈地郊遊去了。沒想到最後卻扮成村姑回家。

我這條裙子正是兩年前掉進河塘裡所穿的。證明我很愛它，更愛母親為我所做的一切。

狗不理包子

中國天津有一道名菜「狗不理包子」。很多年前，朋友曾從天津帶了幾個到北京來讓我嚐嚐。促使我決定走一趟天津去現場體驗，果然名不虛傳，沒讓我失望。菜名「狗不理」的來源有著不同的說法，最普遍的就是形容包子實在太好吃，就算狗咬著你也不理痛楚，誓要吃了再說。聽起來有點誇張，但也證明這個宣傳手法是成功的。相隔多年，我還是很想念那狗不理的味道。

要惦記的事情太多了，可能我真的是一個過分念舊的人。「斷捨離」的道理在我身上是起不了作用的，起碼思想上是如此。那天跟三個女兒在閒聊，說著說著就提起我也有一個「狗不理」的故事。

她們提醒我一定要將這件事放進《媽媽語錄》裡，好讓我的廚藝得以公諸於世。

從小到大我都沒機會進廚房，哪怕只是劃火柴這樣簡單，我也是在中二化學科考試點 Bunsen burner 才學會的。之前也有過一次驚險點火的經驗，那是在一個天氣非常冷的一月份。當年我還不到十二歲，我跟著母親去探望懷著身孕的姊姊。她住在一棟位於新界沙田區的洋房。雖然路程有點遠，但對我來說，有機會坐火車就像去旅行一樣興奮，而且我家小狗 Benny 也跟著姊姊陪嫁去了，想到可以跟牠玩就更開心了。

母親和我在姊姊家過了一晚，印象最深的是享受了一次泡泡浴。那些年不是每個家庭都設有浴缸的，我還記得我在浴室裡自由自在地唱歌，突然感覺自己的聲音在回音共鳴之下特別響亮。當我唱到近乎忘我的境界時，姊姊卻催促我早點睡，我只好很不捨地離開那缸溫暖的水。

第二天清早，我聽到母親和姊姊匆忙地收拾行李。母親告訴我她要趕快送姊姊到醫院去，因姊姊快要生產了。她吩咐我在家裡守候，等她回來接我回家。

姊姊的家很大，剩下我一個人確實有點害怕。還好有Benny陪著我，直到午餐時間過後，還等不到任何消息。我心裡想：原來生孩子要這樣久？我開始焦慮了，肚子也餓起來，想必小狗一定也餓了吧！

我找到一些米，但那年代不流行用電飯煲，只能「冒險」試試怎樣去點那個火水爐。成功後，我把米放在瓦煲裡，然後裝了滿滿的水。可想而知煮出來的飯比粥還要稀。

唯一的辦法是把多餘的水倒掉，再找到一罐午餐肉，切幾片分給小狗吃。誰知道 Benny 把鋪在上面的肉全吃光光，剩下濕濕的「米飯」。我永遠忘不了牠臉上帶著嫌棄的表情，頭也不回地離我遠去。

從此，我煮飯的評價一直就停留在「狗不理」的水平了！

那天我就是在這個陽台苦等了十多個小時，終於在黑夜中看到母親從樓梯走上來的蹤影。

我們一家人都很疼愛 Benny，牠竟然為了一頓飯，「狗眼看人低」。

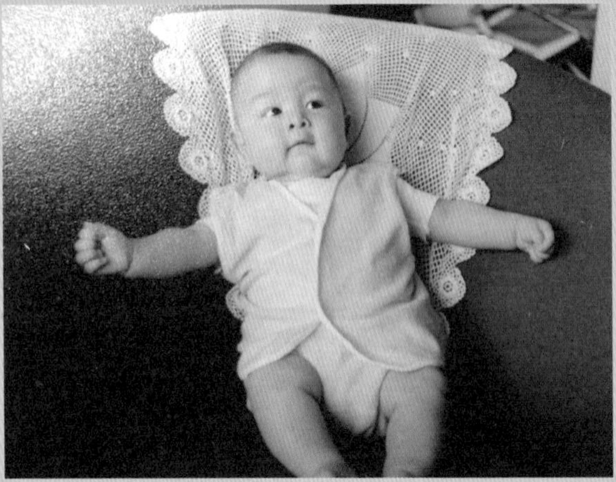

Baby Louis是媽媽第一個外孫，也是我們全家的寶貝。

誰來站C位？

不知道從什麼時候開始有了拍照站C位的說法，尤其是媒體朋友會考慮到誰最有資格站中間的位置而挑選刊登的照片。最近為了《媽媽語錄》的出版，我務必搜集一些舊照片，好讓讀者更了解我成長的經過。我才發現在初中跟同學旅行拍照時，我已不期然「霸佔」了中間的位置。所謂站C位原來早已有跡可尋。

學生時代，同學之間感情非常親密，拍照時站的位置不會因為誰長得漂亮，更不會因為誰在校的風頭比較強而定。在女同學當中，比我漂亮的，成績比我好的大有人在。可能以高度來說，我是略勝一籌吧，而且我入學年齡早，她們都把我看成妹妹一樣照顧我。

有別於現在的讀書習慣，幾乎每個學生都有自己的電話、電腦，甚至用ChatGPT就可以完成作業。在以前的社會，去同學的家做功課或一起溫習是一件平常的事。我家地方雖小，但是因為靠近學校，而且還養了一隻可愛的小狗Benny，所以同學都愛來我家玩。有時候還留下來吃晚餐，清茶淡飯也因有同學陪伴更讓我回味無窮。

開心的時光過得特別快，一群天真的孩童逐漸成長。在這段日子裡，我總覺得母親對她們的態度是因人而異的。後來我問姊姊，她直言我們媽媽是很偏心的，只有長得漂亮的女生到訪才有機會喝汽水。真有其事嗎？為什麼我從來不曾發覺？我也沒有追問原因，只要大家一起玩得開心，喝不喝汽水根本不重要。

不過，媽媽對女生確是有一道獨門秘方。那就是發育期間若遇上每月經痛的問題，她會給姊姊或我喝一小口brandy以止陣痛。我對生理上的效果沒什麼印象，喝了酒的反應自然就是昏昏欲睡。心理上倒覺得挺管用的，因為我相信媽媽，無論遇到什麼事情，她總會有辦法的。

有一次，我的同學在我家時覺得肚子痛，媽媽也照樣給她嚐嚐這「良方」。我忘記事後有沒有問這位同學效果如何，相信對方家長沒有上門來投訴就表示沒有問題吧！不然的話，引導未成年少女喝酒這罪名也不輕啊！

那些年，汽水屬於奢侈品。不單止是年輕人的最愛，就連我的父母都是捧場客。

中學時期最期待的莫過於一起去郊外旅行。我通常都會在出發前夕整夜失眠。

電視汁撈飯

十七歲那年，我開始在演藝界發展。算起來，那已經是接近半個世紀以前的事了。那年代的年輕人，大部分都比較單純、青澀甚至懵懂。我應該也算是這一類人吧！雖說我早在初中時期已立志當演員，並設定最佳女主角是我的人生目標。但是，要當上影后需要具備什麼自身條件？從怎樣的途徑？我從來都沒想過，因為根本就不懂，卻在誤打誤撞之下達到目的。

我能成為演員，天分是一定有的，又可能與性格好強有關，再加上一點虛榮心？其實也沒有想像的複雜，說到底，我只是太愛看電視，是不折不扣的戲迷，尤其是粵語長片。我總愛「電視汁撈飯」，這個習慣一直都沒變。

記得在唸六年級時，當同年的小孩還在玩洋娃娃，我已經學會「鑽研演技」了。每晚看電視的時候，我會很用心記住一些電影的橋段和對白，等第二天回到學校時，「邀請」其他同學一起來排戲。集導演、編劇和演員一身，我會為同學分配角色（主角卻永遠落在自己身上）。我們通常會利用休息時間或趁著上體育課時，選一個角落做舞台，然後大夥兒就盡情發揮。戲到濃時，我還會真情流露，眼淚如流水般湧出。有時候哭得眼睛通紅，放學回家還怕媽媽查問，她會擔心我被同學欺負。

我是家中老么，所以母親特別疼我。幸好她沒有把我寵壞，明知女兒的性格倔強，在某程度上，她會盡量滿足我的要求，卻又不厭其煩提醒我應該注意的地方。每個人都說娛樂圈是一個大染缸，

我拍攝第一張個人專輯封面照也是母親替我梳頭髮。但是她沒有告訴我要化妝，因為她平時也不化妝的，所以我是百分之一百素顏上陣。

所以她特別緊張我在圈中的一舉一動，尤其是待人接物方面，怕我這種硬脾氣容易得罪人。其實她是過於擔憂了，從小到大我都活在她訓導下，她的每一句「金句」，我都記在心裡，直到今天還可以成為我寫《媽媽語錄》的珍貴材料呢！

我在圈中應該算是一個沉默又乖巧的女生。話不多是因為朋友不多，只有同門師兄溫拿五虎，因為大家同屬一家經紀公司，他們也特別照顧我這個新人。有別於現在的藝人，身旁總有一整個團隊伺候，而我只有最親近的母親。

讀書的年代，校長和訓導都會主持每天的早會。沒想到當上明星的那段日子，

那時最愛綁辮子，也是出自媽媽的手。

早課還「持續發展」，只是主持人換成媽媽而已。只怪當年自己留了一頭長髮，我每天都需要她來幫忙梳理。就在梳髮的短短過程中，她會把當天的「勸導」很有條理地跟我分析，如：「耳朵也要補粉」……這些技術上的意見，還算很中肯，但有時候關於終身幸福的事真有點招架不住了。就如：「靚仔冇本心」、「獨子不要嫁」、「這個男的是在追求你嗎？」看似溫柔，星媽的威望已從她的手指滲出。只能嘆息，我的頭已經在她手上，還能逃嗎？

七年的演藝生涯帶給我美好的回憶和畢生的榮譽。其間我學會了收斂和忍耐，不輕易發小姐脾氣。但有時候實在太累了，我會把鞋子當作出氣筒。壓力太大時，就對著鏡子梳頭發洩，然後把梳子丟到遠遠的。媽媽看在眼裡，勸告我要善待自己的鞋物，還去菜市場買了一堆最便宜的梳子送我，免得我減壓時找不到梳子。

幾十年來，我一直好好收藏這些梳子，以提醒自己要收斂脾氣，像母親一生平和度過。

這些年來，媽媽日以繼夜地付出，對我無微不至地照顧，直到看著女兒出嫁找到好歸宿，已是她最大的滿足。相信這也是天下母親共同的願望。而我呢？在很多訪問中，記者都會拋出同一個問題，就是我為什麼在事業高峰時急流勇退？理由其實再簡單不過了，當年沒有網上download影片這回事，甚至連錄影機也是新奇發明。工作不單只讓我透不過氣，更害我錯過太多精彩的連續劇。我想，只要選擇退出這個圈子，才可以做回標準電視迷。

我，還是那個我，多年不變。「電視汁撈飯」永遠是我家不缺的一道好菜。

嚴父慈母

很多人會好奇我是一個怎樣的母親，就如上一篇文章提到，我真的像恐龍那樣兇嗎？會不會是比現今虎媽更厲害的「恐龍媽」？

說到教導孩子的方法，可能要先談談我父母對我的家訓再作比較。嚴父慈母，是一般華人家庭的傳統觀念，尤其是在舊式社會，總是男主外，女主內。我從小在嚴父設定的規矩管制下長大，算是一個挺聽話的孩子。父親對我的學業成績要求並不高，可能是因為我的表現一直不錯吧。但是他對守時、禮貌和責任感特別注重，而直到現在我受他影響也相當大。就如守時這一項，他不只要我準時，遇到考試和比賽，他甚至要我提前一兩小時到達。這習慣對以後當演員在群體工作方面起了很大的作用。我可以說，我應該算是圈裡其中一個很守時的藝人。

前一陣子跟孩子提到周星馳電影裡的十大武器之首——摺凳。回想以前因自己向爸爸頂嘴而差點受這酷刑，幸好媽媽及時阻止而讓我趁機逃脫了（可能爸爸本來就是要放過我吧）。媽媽充當「調解師」，只是要讓雙方有下台階的餘地。頂嘴在父母眼中是罪無可恕的，而那時候最常吃的菜肯定是爸爸的「怒炒耳光」了。小孩時接受不了這樣的體罰，心裡受盡委屈。隨著年齡增長，心中已沒有任何的怨忿。換個角度來看，還好我沒有像我的偶像貝多芬一樣耳朵出狀況。不然的話，樂壇說不定會少了我這個「中堅分子」了。

至於責任感的培訓，必須要從小時候開始。在還沒踏進演藝界之前，我曾經在一家日本公司上班。那時高中剛畢業，也考進了香港中文大學。但我想要趁放暑假，找一點外快才繼續升學。沒有工作經驗和專業文憑的我，也只能當個初級文員吧。有一天，老闆吩咐我送一箱很重的貨物到港島中環區，唯一的交通工具只有渡海小輪。當時就是那種過度盡責的心態，害我一直提著那個木箱。實在提不動時只能用腳背支撐至下船。是怕它碰到海水？或是擔心它在地上受到碰撞？相信當時在同一條船的乘客心中都會產生疑問，為什麼那笨笨的女生，行為是這樣可笑的。

那個晚上我失眠了，連夜反問自己，世界上哪有這樣忠於職守的人？我似乎為那股傻兮兮的態度不服氣，但是想到母親常常說，吃一點虧沒關係，人總是會從中獲取一些經驗。更何況，提著那個木頭箱也不算是吃虧，當作做了一次「帶重運動」也不錯啊！

今天再次踏上渡輪的踏板，勾起了種種回憶。維多利亞港景色依舊，而怡然自得的我細味著年輕時的點點滴滴。

近年天星小輪航道與班次逐漸減少，不知道這條我熟悉的航線會維持下去嗎？

懷念那繫在脖子上的圍巾

最近參加了一場由百盛舉辦的韓國化妝品牌推介禮，全城的網紅都受邀參加。我是以場地贊助人身份出席，而主辦單位也注意到我的面書流量愈來愈多，所以也送來一份給 KOL 的邀請函，算是我第一次以這種姿態出席活動。在一眾年輕網紅中，我應該算是最年長的一位吧！

我提供的場地叫 C & See Lounge，意思是「Chelsia 見你的地方」。理所當然地，品牌負責人想我跟大家説幾句歡迎詞。當天來的都是年輕時尚一族，為了融入他們的年齡層，在致詞前，我稍為整理一下我的妝容，好讓自己看起來醒目一點。我問從香港到來的外甥

Enrico：「綁這條絲巾在頸上會好看一些嗎？」他帶點猶豫地回答：「這樣會美嗎？感覺有點像空中小姐。」聽他說著，我卻下意識將手拎著的圍巾繫上，腦袋裡不知為什麼突然浮現媽媽生前提過的願望：她一直希望女兒能當上空中小姐。好吧，今天就讓我打扮像空姐，還她的心願吧！

小時候常聽媽媽談到她最想做的事，就是可以坐一次飛機。她迫切渴望到什麼程度？從她的價值觀可以窺知一二。她居然說願意付一百元（雖然她不知道機票的價格），只要能在空中兜一圈，從上空看看我們的家。她到底是太想坐飛機，還是太愛我們的家？可知道在半個世紀以前，一百元可能就是打工仔的半個月薪水，或是普通家庭一個月的買菜錢啊！

媽媽有一位好朋友，她的兩個女兒都是空中小姐。印象中，我

跟媽媽坐在旅遊巴士上，圍巾依舊，笑容一致，可樂也。

曾經見過這兩位漂亮的姊姊穿上制服的樣子。頭上斜戴著一頂像畫家帽的帽子，身上披著一件深藍色的斗篷。那繫在脖子上的圍巾尤其吸引，隨著清風徐徐吹來，搖曳生姿，散發令人羨慕的高貴氣質，煞是好看！難怪媽媽一直要從阿姨那邊打聽考取空姐的消息。聽說員工的家人可以享有免費機票，歸根究底，這個才是重點啊！

機會終於來了，可惜的是，我當時剛高中畢業，年齡卻在十七歲以下，連成人身份證都沒有，怎樣去應考？媽媽只能怪自己太早將我送去學校上課吧！

奇妙的事情往往接踵而至。當年我考上了香港中文大學，正在考慮是否為了繼續升學而放棄跟我學鋼琴的十幾位學生。我利用暑假的兩個月去當實習辦公室助理，同時也參加了一些歌唱比賽。沒想到？或是早已預料？自己會從此踏入演藝圈。

為了當歌手，我錯過了進大學的機會，卻圓了自己的夢，也達成媽媽多年的願望。一九七五年我十八歲，代表香港赴日本參加國際流行曲創作比賽。我帶著第一首自己創作的曲譜，還拉著興奮不已的媽媽踏進機艙。穿著漂亮制服的空姐，很親切地帶我們去座位，還端上美味的果汁，一切就像發生在夢幻中。我們從小小的窗戶眺望，找不著自己的家，卻彷彿看見充滿憧憬的未來向我們揮手。

Kay 曾拿過全國咖啡師比賽的冠軍，加上我這位「機艙服務員」，令現場的客人都有賓至如歸的感覺。

坐上飛機後喝一杯果汁，幾乎成為指定動作。可能只為重拾往日的情懷。

爸爸的情人

印象中，我很少在文章裡提到關於父親的往事。如果有，也只是說到家鄉的時候輕描淡寫而已。趁著父親節即將來臨，臨一幅弘一法師的嘉言送給他作為禮物，而父親給我最珍貴的禮物當然是我的名字秋霞吧！

「秋霞」這樣有詩意的名字是父親替我改的，最特別的是嘉禾電影公司還用來作為我第一部電影的片名。據母親所說，我出生在秋天，那天剛好下了一場細雨，霞氣滿溢（果然是天生romantic的新女性），而父親一向嚴肅又不愛說話，他直言名字來自當年一位著名歌星龔秋霞。取她之名，是早有預感女兒會以歌唱作為事業嗎？

很多人不曉得在我十八歲那年，父親又替我改了另外一個綽號叫「陳百萬」。這並不是因為他希望我能賺到第一個一百萬，而是埋怨我當了明星以後，對父母的態度改變了。整天板著一張苦瓜臉，就像欠我一百萬那副模樣。當時我入行不久，也稍有名氣，難得受到公司力捧，再累也要撐下去，但是，有時候真累到擠不出笑容啊！

話說回來，我之所以能成為歌手，主要是經過父親的悉心「栽培」。為什麼會用上引號呢？可以這樣說，我一直認為他只是無心插柳柳成蔭而已。那些年，父親是名副其實的音響發燒友，儘管家境長期處於缺錢狀況，每個月他總會用上部分的薪水買音響器材。記得有一天他買了一個新的 microphone，急不及待地吩咐我自彈自唱替他試音。他小心翼翼地將他的新「玩具」放在鋼琴上，還用我心愛的歌譜墊著它以確保安全。我耐心地等待父親重複調校它的高低遠近，感覺上我唱的歌只是伴奏，而他在意的可能只是它的音色！

事隔多年，自己已是三個孩子的母親了，我才明白這樣的想法對父親是不公平的。天下無不是的父母，他沉默寡言，不善於表達心底話。或許他是用另一套方式訓練我，經過多年不斷練唱，不論歌藝如何，起碼我賺到的是耐性和自信心。

現在這一座 microphone 應該還存放在香港老家的書房裡，長期與我的舊鋼琴為伴。很多人都說，女兒是爸爸前世的情人，我看我還是讓位給它吧！怎樣去描述這位「爸爸的情人」呢？不離不棄或是又愛又恨嗎？其實我們親密的關係就等同我與我的飯碗。我，本來註定是吃這一行飯的。

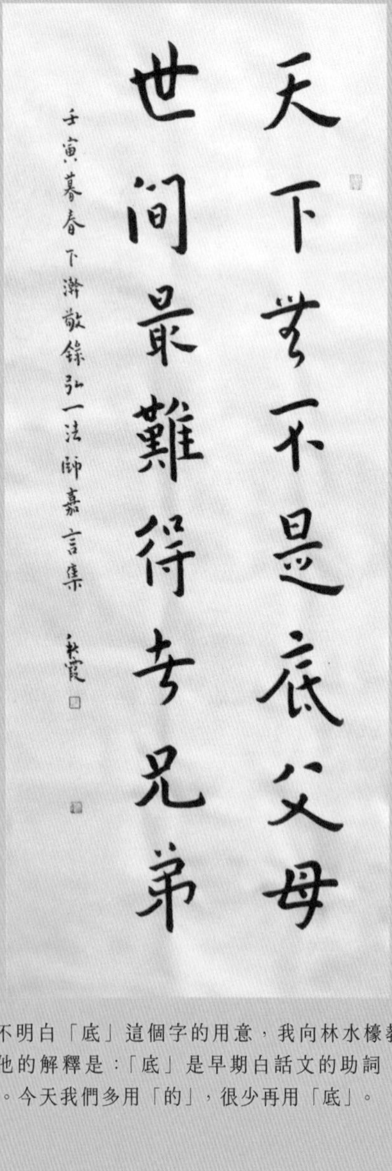
天下無不是底父母
世间最難得者兄弟
壬寅暮春下澣敬錄弘一法師嘉言集
秋霞

本來不明白「底」這個字的用意，我向林水檬教授請教，他的解釋是：「底」是早期白話文的助詞，等於「的」。今天我們多用「的」，很少再用「底」。

從這張照片看來，我和父親的笑容是完全一樣的。難道「陳百萬」的基因也是遺傳自他嚴肅的個性嗎？

我和哥哥從小就在吵吵鬧鬧中成長，只有在鏡頭前才會乖乖地安靜下來。

四個和弦走天涯

提到校園民歌，不期然就會掀起不同年齡層的一些回憶。那我是屬於哪一個年代？如果我選擇 Bob Dylan 和 Peter, Paul and Mary，自然就能猜到了。我從來不介意暴露自己的年齡。母親都一百歲冥誕了，我還能年輕到哪裡？

民歌早在我初中年代已開始流行。下課後，我們幾個同學都會帶著結他到音樂室「互相切磋」。其實在我們中間，沒有一個是懂得彈奏的。當時沒有網絡教學，只能買一些書本照著和弦來摸索。我當時只是為了那時尚的感覺，提著結他盒子，走在校園路上，引來多少羨慕的眼光啊！這樣「走出走進」，浪費了一年時間，手指也開始脫皮了，卻還是對結他沒有任何頭緒。

直到初中二那一年，學校要舉辦全校歌唱比賽，還增設了民歌項目，我才意識到要認真努力。所謂的認真，也只不過是學了四個和弦：D、G、Em和A就決定參加了。為了壯大聲勢，我請了一位比我高兩級唸F.4（不是F4）的男生為我伴奏，那四個基本和弦也是他教我的。這位學長的名字叫陳樹……我怎麼連他名字都忘了啦！雖然我們不是很熟，可是他算是我彈結他的啟蒙老師呀！

香港人有一句俗語，「海軍鬥水兵」，我就是這樣以一首*Blowing in The Wind*贏了我第一次以結他伴奏的民歌組冠軍，而藝術歌曲組的冠軍可以說早已是我的囊中物。嚴格來說，*Come Back to Sorrento*也不算是藝術歌，我只是將key放高一點，擺的姿勢像樣一些，出來的效果就似模似樣了。

從那次拿了雙冠軍之後，我就雄心大志地決定向民歌路線出發。參加過不少跨校的校園民歌晚會，贏了很多掌聲，心裡更覺得飄飄然了。那彈結他有進步了嗎？可以這樣說，我還是用回那四個和弦就可以「走天涯」了（這是不思進取的反教材啊！）。

問題終於來了。記得當時最流行的一首歌是 Don McLean 的 *Vincent*，"Starry, starry night, paint your palette blue and grey…" 開始第一句就能懾人心弦，讓每一個彈結他的歌者都為之著迷。我本來也準備把這首歌練好，有機會可以上台表演，奈何彈奏的技術不足，總覺得自己唱不出那種味道。我在家重複又重複地研究，到底是哪個部分出錯呢？就連在廚房煮飯的媽媽也忍不住跑出來跟我說，我唱這首歌時很不自然。這下子可讓我受打擊了。

直至今天我還是覺得有點遺憾，我從來沒有在台上唱過這首歌，是因為得不到媽媽的認同而缺乏信心？若干年後，我終於找到了答案。那些年我是以唱英文歌為主，卻很少深入了解歌詞所說的故事。當時年紀小，根本不曉得歌詞裡的主人翁 Vincent van Gogh 梵高是誰，更遑論對他的悲劇人生產生共鳴。

我們常說，藝術之可貴在於自然。只要能打動人心，才是好的作品。只怪當年沒有做好功課，加上唱歌不夠專業，又怎可能達到那個境界？

讓我更迷惑的是，媽媽也不知道梵高是誰，她為什麼就能聽出來我的缺點呢？我看，我要重新練習這首歌。希望終有一天可以抱著結他上台表演去！

還是用那四個和弦嗎？

唱藝術歌曲要字正腔圓。但這「咬牙切齒」的模樣好像有點太過……

能說我不用功嗎？在家裡的廁所門口也拍到我彈結他的身影。

在我身後擺著一些歌迷送的洋娃娃。他們應該很喜歡我當年抱著結他清純的樣子。

第三章

踏進繽紛的世界

剪刀，請你迴避吧！

抄寫弘一法師《嘉言集》已有一段時間，終於完成了共七十二幅書法作品。我只能說是作品，因為經過我的筆觸，不免流於世俗，無疑對大師有褻瀆之嫌。奈何自己還徘徊在塵世間煩惱中，從《嘉言集》學會一些做人的道理，對我來說，已經算是跨前一大步了。

新的一年，應要好好策劃一下今年甚至來年要完成的事。早在一年前，在我心中已萌生為紀念母親一百歲冥壽的一些想法。母親誕於一九二四年正月十三日，而我是在一九七四年踏入娛樂圈的。今年也正好是我入行五十週年的紀念。所以二零二四年對我和母親都有著特別的意義。

母親在世時的一言一語深深地影響我的人生。所以我要趁著還記得她曾經說過的故事，以及對我的訓話與責罵，用簡短的文字記錄下來，將之集合成書，名為《媽媽語錄》，以示我對她的永遠懷念和無限感恩。

媽媽不算是囉嗦的人，但要記下她說過的金句，豈是短短數月就能完成？加上這幾年我的記憶力開始變差，也得提早準備啊！適逢春節快到，就從今月開始，寫寫關於除夕的故事吧。

華人在傳統節日的習俗特別多，尤其從中國內地南下的老一輩都會有一些忌諱。我不覺得這就是迷信，可能只是一個傳承的過程吧。像我爸爸就嚴格規定在除夕晚上，定要將家中所有利器收藏起來，不然就會帶來厄運。問題在於那個年代，幾乎每一位主婦都要趕著為自己家人準備過年新衣。我的母親也不例外，更為了確保能令利器「準時消失」，年夜飯後忙完廚房就開始趕工。可想而知她所承受的壓力有多大。

「還不過來試新衣？如果來不及收剪刀的話……」在我的記憶中，她總是那麼溫柔地催促我們。一面看著牆壁上的時鐘，一面親手為我們一針一線縫衣服，這個每逢除夕都會重複出現的畫面，讓我永不忘懷。

如果利器真的能影響命運的話，那憑她的一雙巧手，不單為我們添新衣，更使我們家安渡難關。這話怎麼說呢？起碼我們每年都順利逃過爸爸的怒吼啊！

媽媽生前用的縫紉機，確是一台傷痕累累的老古董。我不曾想過要去修復它，就讓它安然退役吧！

在現今社會，很難想像金馬獎最佳女主角得獎人會穿著家裡做的「晚禮服」上台領獎！那是因為她們沒有一位像我媽媽一樣能幹的縫紉師。自己還加上一條塑膠項鏈，真是絕配啊！

小時候總覺得媽媽偏心，只做衣服給姊姊。我偷偷地拿了姊姊的衣服、太陽眼鏡和項鏈，將自己打扮成明星。

額頭不能蓋，好運隨著來

農曆新年雖已過了一半，但大家還是期待著重頭戲正月十五日元宵節的來臨，加上西方情人節相距不到兩個星期，年輕一輩應該已經開始動腦筋，為中西情人節送給愛侶的禮物而做好預算。如果今年紅包豐收的話，禮物的分量自然會重一些呢！

記得三年前曾寫過一篇關於情人節的文章，向當年一百零一歲的荷里活巨星 Kurt Douglas 兩夫婦致敬。文中也提到我和丈夫相遇而互相吸引的經過，這段四十三年的姻緣，間接也是因為媽媽曾説過的一番話促成的。讓我摘錄那篇文章的一小段：

我特地吩咐髮型師不要讓瀏海遮蓋我的前額，聽説這樣運氣就會好一點。這本來沒什麼根據，只是我媽媽有她自己一套的説法而已。她認為只要把頭髮往後梳上去，整個人神采飛揚的，好運自然會到來。我受她影響很深，似乎早已相信「額頭」是為我的幸福婚姻牽線的。這話怎麼説呢？我的丈夫曾經告訴我，當我們第一次見面時，他對我的印象就是：這女孩子的額頭真飽滿，像影星Elizabeth Taylor。我聽了特別開心，雖然只是額頭相似，而且有點牽強，但是在心底裡，我是完全同意的。

之前也提過，媽媽是我第一位「形象顧問」。她不單止在髮型上有獨到的要求，對我的照顧也是全面的，尤其在皮膚保養更是一絲不苟。比起同年的小孩，我算是幸運的。因為青春期的痘痘都長在背上，偶爾長一兩顆在臉上，也不會帶來太大的影響。天真爛漫的小孩子嘛，只要三餐溫飽，上學有同學作伴，已經覺得很幸福了，哪會介意自己的儀容？

媽媽卻不以為然。以前的香港四季分明，每逢秋季入冬之間，我的皮膚都會變得很乾燥，兩條小腿甚至會出現像蛇皮的恐怖紋面。在腿上也就算了，但兩隻手臂上長出一堆像雞皮疙瘩一樣粗糙的小顆粒，那還得了！所以媽媽叮囑我每晚睡前都要在手臂上塗些滋潤的 baby lotion。她說如果我長大後跟男朋友約會（雖然當時我覺得是很遙遠的事），他的手只要搭在我的肩上，一定會嚇到轉身就跑掉了。哪有這樣嚴重？她一定是怕我嫁不出去。

不知道這算不算是童年陰影。直到今天，我也已結婚四十一年了，我一直都很照顧自己的皮膚。有一句話：世上沒有醜女，只有懶的女人。在媽媽的遺訓下，我哪有偷懶的機會啊！

穿著白衣的寶寶是我。跟哥哥相比之下，我的「髮型」似乎是經過母親的精心設計。

年前的畫作，一直保留至今。這意味著愛是永恆不變，也代表我對雙親的思念。

記得小時候，媽媽總是喜歡在小小的空間栽種玫瑰花，所以我一直對玫瑰情有獨鍾。

饞嘴之過

前兩天很不幸運地與「食物中毒」遇上了，情況可以說是十年難得一見的大場面，因為我一向吃東西挺小心，頂多是消化不良引起胃氣脹，情況不至於太嚴重。這次半夜突如其來的疼痛，持續了三個多小時，差一點要去醫院急症室了。

年輕時因拍戲食無定時，工作壓力也大，往往導致胃不舒服。而且為了上鏡好看，能少吃一點就盡量減吃。久而久之，食量縮小了，消化系統也會自動篩選食物。只要吃到油炸或不易消化的就會產生排斥而吐出來。會不會是厭食的症狀？肯定不是，因為其實我很饞嘴，碰到美食都不放過，只是胃不爭氣罷了。

曾經在新加坡遇見一位道士，他說我的法令紋從嘴角兩旁鑽進去，命理學是「騰蛇入口」。他還叮囑我要小心腸胃，否則老來會餓死。哪有這麼嚇人啊！我不以為然，覺得做演藝界的，大部分人都有同樣的毛病，應該是跟工作有關。果然在我結婚後生活安定，胃痛的次數減少，人也開朗起來了。

說起胃病，我倒想起第一次和媽媽到日本，也因嘔吐鬧出笑話。話說當年我代表香港出席日本一項具權威性的作曲比賽。當地一家著名經紀人公司想要跟我談在日本發展的合約，老闆渡邊夫婦更在家中設宴替我慶祝十八歲生日。我受寵若驚，和媽媽在三天前已開始籌備怎樣去赴會，如穿什麼衣服，怎樣在最短時間內學一些日本人的基本禮儀等等。最起碼也要學會用日語說自己的名字啊！

記得當天下午，我們只在銀座買了一個漢堡充飢。聽說日本人很少在家中宴客，想到晚上的美食，當然要留肚子盡情享受啊！我怕漢堡太撐胃，還吃了一包五粒的小蜜柑幫助消化，以便晚上好好作戰。晚宴中嘉賓眾多，我一直向他們用最簡單的日語自我介紹，但我的注意力不期然落在滿座美食上。印象最深刻的，是那一排像手臂那麼粗的魚翅平放在大碟中，上面鋪了晶瑩剔透的湯汁，令人垂涎何止三尺？

這個時候，酸酸的小蜜柑果然起了作用，我真肚子餓了。趁機會趕忙吃下滿滿一碗魚翅，痛快極了！但是，可能因為吃得太快，我的胃開始不舒服了。

我意識到自己有點不對勁，趕快跟媽媽說要找洗手間。在緊急情況下，終於找到了。開門衝進去時，看到洗手盆就忍不住往裡面吐。後來媽媽發現原來是男士用的小便斗！我的天啊！我從來沒看過這個設備，就算有，也不會想到日本人的家是這樣設計的啊！

我想，如果我以後真的要留在日本發展，是否應該好好學習一下他們的生活文化呢？起碼在緊急關頭，能分清楚哪一個才是洗手盆啊！

第一次到東京，是代表香港參加流行歌曲創作比賽。難得在排得密密麻麻的時間表中，還能抽空與母親郊遊，拍下這詩情畫意的溫馨照片。

低頭沉思，彷彿在想著自己是否適合在日本發展。

住在日本時，有機會學習當地人的生活文化，是難忘的經驗。

一個淒美的結局

我平生第一次拍電影的第一個鏡頭，是在韓國的首都，當時還是叫做漢城的機場拍攝的。在我和母親出發到這個陌生地方之前，父親替我們收拾行李，並準備寒衣。怎麼說他也是當年從上海到香港來開始新生活，知道下雪的季節是怎麼一回事。況且他以前也曾在片場工作，懂得一些拍電影的規矩。他特別叮囑我要有心理準備。當導演喊「camera」時，會用力拍那塊黑白色的板，沒有經驗的新人會給嚇到，所以這塊東西也叫「失魂板」。姊姊怕我抵不住寒冷，還借出她的「私伙」，那是一件橘貓色的大衣。後來她才告知我那件長外套真的是貓毛編織的，還好我沒有對貓敏感。

我可能天生是吃這行飯的，恃著自己年輕，再冷的天氣也奮力撐過去。當時在市區內平均溫度是負八度，在滑雪場可以低至負二十度。我為了上鏡看起來窈窕一些，還放棄穿那套臃腫的滑雪衣，選了運動裝上陣。當我的身體在雪地上翻滾，直到衣服濕透，才知道什麼是冷至骨髓的滋味。

根據劇本中所寫，我是要死在冰天雪地上。當天為了要拍好這場戲，我不敢掉以輕心。上身穿著厚厚的羽絨服，但是我還是偷偷換了一條布料比較薄的褲子，這樣顯腿長啊！不管十七歲還是八十七歲，愛美果然是天下女人的天性。

經過一整天的拍攝，宋存壽導演終以最淒美浪漫的手法讓我死在愛人的懷抱裡。天空也很配合地下起了大雪，令場面非常感動。可是，全組工作人員竟開心地鼓掌，那是因為可以收工了。我也蹦蹦跳跳地跑回酒店，我心裡想，能令大家如此開心，也算是死得很有價值吧！

本以為晚上可以好好休息，誰知道宋導演安排半夜十二點再加拍一場愛情戲，我非「復活」不行。還好場地就選在酒店的咖啡廳，終於不用跑到外面吹冷風了。可是當這場愛情故事進行到一半時，我的胃又開始不舒服了。我慶幸每當處於危難中，母親永遠守在我的身邊。我們找到酒店大堂的洗手間。跟上次在日本情況一樣，我真等不及就往洗手盆方向衝去。幸好已是半夜三點了，也沒碰上別的客人。印象中，我一個接一個，最後用完了四個盆。我到底吃錯了什麼？哪來這麼多東西要解決？

難為母親每次都要替我做善後清潔工作，也只有母親才沒有怨言地愛護自己的孩子。而我呢？也好不到哪裡去，補一下口紅，整頓妝容後就繼續「談情說愛」去了。在微弱的燭光下，我扮演那位楚楚可憐的「秋霞」也真夠投入啊！

聽工作人員說，我身體突然出狀況，極大可能是因為白天拍那場死亡戲後，沒有問劇組拿「利是」錢。寧可信其有，拿了紅包後，我馬上倍感精神爽利。我心裡想，這應該也算是電影行規之一。「人命關天」呀，父親為什麼從來沒提醒我呢？

宋存壽導演很會捕捉少女純真之心，而顧嘉煇先生用了電影插曲 *One Summer Night* 旋律配上飄雪的浪漫。兩位大師將電影畫面推至最高境界。

每天在冰雪中「打滾」，已經累到不願意走路了。吃午餐時，我撒嬌要教練開雪車送我下山，甚至要他背著我滑下去。

喜歡這張劇照的原因是它能反映出演員的心態。明明是害怕對著鴿子群，卻要擠出燦爛的笑容。演員不好當啊！

我的第二道彩虹

短短七年的演藝生涯中，在日本樂壇那段日子只佔一小部分。我與青山株式會社簽的是六個月經紀人合約，唱片是交由 Philips 發行。雖然六個月只屬於雙方探索的階段，但是感受到公司是很用心栽培我的，請了最出名的音樂大師筒美京平替我量身打造第一首日語單曲 *Inspiration* 和首張個人專輯 *Mind Wave*。幸運地也上了日本 Billboard 流行榜，成績真的很不錯。

當時工作非常忙碌，時間表排得滿滿的。宣傳團隊帶著我趕通告，穿梭在大小城市之間，卻沒有母親的份兒。「星媽」這個名詞可能只適合在港台的演藝圈吧！再說，我也應該學習獨立了。

不用跟著女兒到處跑，閒下來的時間自然就多了。母親完全不懂日語，她獨自一個人到附近買菜、煮飯，每天的節目只是等女兒回家吃晚餐，可以想像她過的生活是挺枯燥的。所以到了晚上，我會盡量陪她聊天。在那小小的客廳或睡床上，談一下當天發生的事情。那溫馨的感覺是我最懷念的。

兩個月後，我開始覺得在日本的工作幾乎每天都千篇一律。唱同一首，穿同一件裙子（只有一件）。母親會趕忙替我洗這粉紅色的短裙，不然就來不及吹乾了。電視台和電台的訪問也因為我懂的日文不多，所以只好重複回答固定的問題才不會出錯。

相反的，母親的生活聽起來好像比我的有趣。她買菜時會比手畫腳地跟別人聊天，心情好就買一束花回家討自己歡心。她甚至會去玩電動遊戲，而她最喜歡玩的是「放硬幣推硬幣」的遊戲機。回報率很高啊（雖然硬幣都是假的）！最有趣的是有一次她因亂過馬路，警察罰她來回再走十遍。可見日本人確是很守規則的民族啊！可憐的母親！

直到一九七七年，可以說是我人生的轉捩點。因為冠上了金馬獎的光環，台灣很多電影公司都想找我拍戲，而我和日本公司的合作正好快要約滿了。我面對著一次重要的抉擇，要繼續在日本當新人拼搏？還是以影后的姿態去台灣發展？我和母親經過考量，終於決定暫時告別日本樂壇。

在日本起步算得上很穩定，如果堅持下去，應該可以有一番作為。但是眼看母親要拋下香港的家，她表面裝成開心地過活，卻掩蓋不住她內心的思鄉之愁。其實，我何嘗不是這樣？讓我重新出發，開闢藝術之路的新篇章，迎接我心中的第二道彩虹。

母親照顧我的起居飲食。吃得健康，想胖都難。

除了母親的身份，悉心照料我，她還是我臨睡前可以傾訴心事的閨密。

以樂壇新人的身份居住在東京六本木。日本藝能公司訓練新人有一套模式，在短短六個月，我在各方面都進步不少。最珍貴的是貼在牆壁上的海報，在還沒流行四十三吋長腿的説法之前，自覺也可「入選」其中。

戴珍珠耳環的女孩

我身邊的朋友，無論信奉哪一個宗教，在生活上多多少少都會有一些忌諱。例如初一十五不洗頭，懷孕期間居家不能裝修之類。我從小性格比較反傳統，也不太相信命運，但事實擺在眼前，我不得不承認，我的運氣確實比很多人好。

剛踏入演藝圈，一切發展都很順利。第一首由自己作曲的作品*Dark Side of Your Mind*就拿了香港公開流行歌曲比賽的第一名；第一次拍電影更得了金馬獎最佳女主角。母親說上天既然有這樣的安排，就不要輕易地破壞那道氣和勢頭。所以她一直不讓我穿耳洞，理由是，無緣無故在自已身上打兩個洞，就等於古人所說的破相。真有那麼嚴重嗎？心裡很想為自己打扮漂亮一點，就是因為沒穿耳洞，少了很多佩戴各式各樣精緻耳環的機會。我怕萬一發生不如意的事，就「自毀前程」了，唯有聽從老人家的忠告吧！記得在結婚當天，我所戴的那對綠寶石耳環（不用穿耳洞就能戴的那種），就是因為沒戴好給弄丟了其中一枚。說也奇怪，最後卻能在酒店房間陽台的溝渠旁邊撿回來，再次證明我運氣真不錯呢！

印象中，我從來沒將這些「老人言」告訴我的孩子。想必她們也不願意聽從吧。她們穿耳洞的年齡比一般女生來得遲，我是在婚後才作決定，老二甚至到今天還沒有「動手」。肯定不是受我影響的，難道是因為那年代學校管制比較嚴格？聽說有耳洞的同學不能戴飾物上課，如果擔心那小小的洞會密合起來，只能靠葉子的梗支撐著讓它定位。我聽到都覺得有點不安，何況是小孩？這也算是童

珍珠耳環適合在任何場合配戴，我選了一對簡約又大方得體的送給老二。

年陰影吧。

前一陣子，有幾位從韓國到馬來西亞來拜訪的企業代表，準備與我們公司簽一份合作備忘錄。老二是這項目的負責人，這麼大的跨國合作場面，我認為她應該在穿著方面下點功夫。我給她一些意見，並提議她佩戴一雙珍珠耳環。這樣會使她看起來更穩重。可惜沒耳洞的她就不能有太多選擇。我讓她戴上用粉紅碎鑽襯托珍珠的簡約設計，配在她臉頰旁，煞是好看。

提起珍珠耳環，多年前曾發生過類似的事，讓我至今還耿耿於懷。有一次母親要赴晚宴，想問我借一雙珍珠耳環。母女之間哪用借的？若她喜歡，乾脆送她也行。但是她堅持一定要還我，在這方面我們母女的性格是完全相似的。在相互推讓、這些迂腐的過程中，我才發現珍珠上面有一個小小的瑕疵，不知道是什麼時候給撞到的。沒想到，我只是隨意輕輕一問，母親聽後委屈地就：「我一直戴著這耳環。如果它的疤痕是因為我不小心弄到的，恐怕先要把我的頭撞上牆壁了！」

她真的受傷了！而我就是那個讓她受傷害的人。母親，你可知道我的心比你更痛啊！我真不願意，也不允許你有這樣的想法。我感覺到你在生我的氣，我卻沒有向你道歉。一直以來，我們都認為親人之間不用計較那麼多，很多時候就錯過讓大家更親近的機會。

在這個寂靜的晚上，我突然很想跟你説一聲對不起。這句話，一欠就已半世紀了。母親，你可接受嗎？

老二 Serena 是個貓癡，在青島看見這幅貓咪版的名畫，馬上發給她看。

結婚三部曲

我和譚詠麟在台灣拍電影時，可說是合作無間。因為同屬一家電影公司的關係，所以很多片子的男女主角都落在我倆身上。印象比較深刻的是一部名為《結婚三級跳》的喜劇。從拍第一部電影《秋霞》開始，我一直都在拍「苦情戲」，在影片結尾時也「死」過好幾次。難得有機會拍喜劇，而男主角又是出名愛玩的Alan，只要逃過不讓他戲弄已經是很幸運了。那段時間整組拍攝團隊無時無刻都在歡樂中度過的，團隊成員當然包括我母親，因為她是負責港味小點心的重要人物，藉以解決我們思鄉之情。精神食糧同樣重要啊！

很多演員都說，演電影遇上多種角色，就等於經歷了多少遍不

在台灣拍攝《結婚三級跳》時，遇到一些粉絲。

同的人生。七年的演藝生涯中，我不善言辭，又不喜歡交際，生活圈子恐怕只有家人和電影拍檔。用現在詞語來形容可能就是「宅女」，甚至帶點自閉的問題少女。記得開始跟丈夫交往時，他對我和母親的印象就是不苟言笑，美食放在面前也不會心動的人。他真以為自己做錯什麼得罪我們了。

電影情節中，悲劇收場是常見的。但也有大團圓結局，如《結婚三級跳》中，我穿上婚紗嫁給Alan。現實世界中，結婚到底是什麼一回事？我母親最掛心的，是我這個只愛音樂演戲而不懂人情世故的女兒，嫁到馬來西亞後如何適應生活，怎樣與人相處。所以她教了一些為人妻子的基本常識，稱為「結婚三部曲」。

一、婚後一定要尊敬侍奉長輩。到婆婆家先要端茶倒水。誒，不是只在結婚當天才奉上「新抱茶」嗎？原來不只是那一天，這是一生一世的承諾，而我也做到了。幾十年下來，也培養自己喝潮州茶的習慣。再說，我母親是汕頭人，我也是半個自己人呢。

二、睡醒後要把被子疊好，還教我一個特別雅致的摺法。這樣才看得出來我是從一個有教養的家庭出身的。但是，家婆不跟我同住，丈夫早起上班去了，誰會來檢查我的被鋪？難道是傭人嗎？說到底，媽媽只怕別人說她沒有把女兒教好就讓她嫁出門。

三、留在家中的時候也要化淡淡的妝。注意儀容才像一位女主人，如果突然有客人到訪也不至於手忙腳亂。記得她還送我一小盒最古老，她卻視為最珍貴的白水粉，叮囑我隨時隨地擦在臉上，即美白又保養。只是有時候塗得太多，臉上就像發霉的巧克力一樣。

婚後沒幾個月，我第一次回娘家。母親關心地問我有沒有遵守她的三部曲，我當然不會讓她失望啊！她又想到女兒從來不懂理財，怕我把家用花光了。

「媽，我沒有拿家用的，有需要問嗎？」

「那你這幾個月用的是什麼錢？」

「家裡的保險箱放著一些，他教我怎麼用密碼，然後我倆一起用。」

媽媽覺得「帳目不清」不是好方法，她堅持要我每月拿固定薪水，不然的話，我永遠學不到持家之道。

不是只有三部曲嗎？怎麼又多加了一項呢！只能慨嘆「做人媳婦甚艱難」！

婚姻是要夫妻倆一同用心經營的。四十三年的付出，帶給我一個溫暖的家，讓我感恩無限。

第四章

在馬來西亞的時光

蚊子大作戰

在我結婚後的第二年，母親已確診患了癌症。醫生説她可能只可多活兩年。為了照顧她，讓她生活開心點，我們常常穿梭兩地，不是她來吉隆坡，就是我回去香港，母女倆似乎從沒有分開過。

母親是一個很注重早餐的人，尤其是那杯奶茶，不管港式或英式也好，香氣濃濃的喝下去，整天都能提起精神來。我愛茶的程度比她更甚，女兒都很了解，如果我在中午十二點前沒喝茶或茶泡得不合胃口，她們都會「閃開」，免得媽媽發脾氣挨罵。其實不是我情商低，我懷疑是因為中樞神經缺了些什麼？現在不是已改變了嗎？

我婚後第一個住宅是一棟有游泳池的花園洋房。為了迎接母親

這種流動賣雜貨的「外賣車」，是早年馬來西亞的特色。我和媽媽也常在家門口買麵包，有時她會埋怨麵包不夠「實在」，讓她有永遠吃不飽的感覺。

的到訪，我特別買了一套意大利進口全白的庭院家具，配上一把藍色的太陽傘放到草地上。想像就如歐美電影中，一家樂融融在分享早餐的情節。沒想到馬來西亞的蚊子是這樣的兇猛，茶還沒喝到一半，我們的小腿已起了十幾個蚊子叮的泡泡了。

我想，事情總會有解決的方法。第二天，我在

弄孫為樂是每個人的願望之一。媽，現在輪到我推著我的孫子啦！

桌子底下點了一圈蚊香（是最古老還有臭味的那種），蚊子果然不敢靠近了。可是，我們給那「香味」薰到眼睛都張不開。茶的味道更不用說，不如就此作罷！我心中不禁反問，自己本來就是演員，難道不知道電影拍攝場面是跟現實生活截然不同的嗎？

我的一番心意，母親是完全感受到的。那時我剛懷了第一胎。她怕我為家事而操勞，也慨嘆自己日子不多，便勸我説，不用為吃早餐而費心。她只想等到我的小孩出生，看著他成長。如果真有這麼一天，在這片草地上推著嬰兒車散步，那就是她最大的願望了！

馬六甲風光

我和母親在性格和處事方式上是特別相似的。簡單如出外旅行，不靠DNA也可認定我們是親生母女。基本上，我們都是只想觀光卻不願走路的「過客」（經過景點的旅客）。

在眾多馬來西亞的遊覽名勝之中，要算馬六甲離吉隆坡最近，而且是歷史古城，一定不會讓媽媽失望。民以食為天，美食當然是旅遊的第一站。我們嚐了馳名遠近的馬六甲海南雞飯。跟平時不一樣嗎？是的，因為雞飯是圓形的。幾十年前，日本壽司還沒當道，馬六甲就有類似的做法。我們看到廚師用手掌將雞飯握成丸狀時，吃驚之餘又不好意思推辭，還是吃了幾口，才發現味道真不錯，難

母親應該沒想過若干年後，兒子會在馬六甲落地生根。我偶爾也會探望哥哥一家人，「親切」像在形容我們樂融融的關係。

怪是旅客的必到之地。聽說那家店每天只賣到中午一點多就收市，還好我們沒有拒絕，不然就要餓著肚皮了。

走過紅屋、教堂和炮台，我們已汗流浹背了。好不容易跳上車涼一下，剛拐一個彎，老公William就叫我們下車看鄭和井。其實他算很給面子岳母大人了，把工作放下來陪我們去遊覽，還充當一天導遊，我和母親

Lok Lok 是丈夫的最愛。最近在檳城「再遇知音」，感覺跟馬六甲的不大一樣。不過各有各的美味，能與家人和好友一起分享更加開心。

卻心不甘情不願地下車。我還算對馬來西亞歷史有點認識，知道鄭和太監下西洋和馬六甲的淵源。媽媽卻衝口而出：「鄭和是誰？為什麼叫我下車看這個洞？」

看她面有難色，可能是太累想提早回家了。但是那天晚餐早已安排吃地道的「Lok Lok」（碌碌），那是老公最愛的「重頭戲」

啊！我們只好互相遷就，照原定計劃吃完晚餐才起程。但是天氣實在太熱，大家都走不動了。唯一折衷辦法就是租半天酒店房間休息去。別忘了我們也有最愛的，就是那杯 English afternoon tea 。替母女倆一面充電，一面好好享受一個吹冷氣的下午啊！

洗菜論

馬來西亞與香港菜式之不同，主要在於濃淡的處理。從小在香港普通家庭長大的我，吃的是家常便飯。炒青菜、蒸鮮魚都是偏向清淡口味的。反觀馬來西亞的菜，如馬來風光、沙嗲、各種香料煮的咖喱，還有那道「辣死你媽」，舌尖上少一點防衛細胞也抵擋不住。我是經過長年累月的自殺式訓練，從胡椒粉開始，慢慢嘗試辣椒至指天椒，今天才敢自認在鍾家最能吃辣的（女婿除外，因他姓李）。

結婚頭幾年，在我還沒摘下鍾家冠軍前，只要母親來探望我，我會趁機叫她煮我愛的家鄉菜：上海的紅燒獅子頭、潮州的菜甫蛋……我一一列出菜單，叮囑傭人用心跟她學，我也在旁偷師。

不要少看簡單如炒芥蘭菜心，箇中也有學問的。母親的理論是從洗菜開始，最重要是要「狠」。先要買雙倍的分量，然後狠心把外層老的葉和梗摘掉（通常傭人會留著自己吃），留下最嫩的備用。炒的時候只用薑汁和鹽巴，倒點紹興酒，最後只加半碗水，不勾芡，這樣才能吃出青菜的原味。若干年後，家裡每逢請客，我都會親自下廚表演這道「炒青菜」，果然屢獲好評！

除了青菜，她在選材料方面也教我很多知識。買牛肉先用手摸一下，覺得有一點黏手才是新鮮的。螃蟹，尤其是大閘蟹，要動一動牠的眼睛，看牠是否在裝死，還要留意牠噴的泡沫有多少。其實我基本上不去菜市場，學到的只是理論而已。

或許是湊巧，卻不得不佩服母親有先見之明。因為現在的專家都建議大家少吃巨大的海魚，因含毒量較高。母親一向愛買小魚，尤其一般平民百姓吃的「貓魚」和潮州的魚飯，刺愈多，肉愈鮮美。所以我們從小都習慣做「貓」，而且都遵從一句箴言：食魚時不說話。那不就完全配合古人所說的「食不言，寢不語」嗎？

總括來說，母親確是烹飪高手和理論家。那我呢？暫時來說，恐怕只能做後者。當理論家也不錯啊！就像作曲的也不一定能唱歌，說不定我將來繼《媽媽語錄》出版之後，再來一本《媽媽菜譜》。聽起來也不錯呀！問題是，有人買嗎？

（左）我在疫情期間常上網課，甚至報讀哈佛大學考古學的校外課程。為了防止上課時打瞌睡，青菜便是健康零食的首選。

（右）一菜三吃。風乾和沙律之外，將梗剁成粒也可以煎蛋呢！

（下）我不太愛紫蘇葉的味道，但跟水果配搭在一起，顏色非常好看。

我的持家之道

一年前看過一個日本電視節目，介紹穩定升糖指數的方法，那就是在早餐前先吃蔬菜。不管可信度怎麼樣，多吃蔬菜總是對身體有益。基本上我的早餐都非常簡單，麥片麵包和一杯茶，加一些不過甜的水果，聽起來比醫院提供給病人吃的營養餐更健康，難怪我的家人都叫我「no taste mum」。

我的飲食習慣受父母影響最深。小時候我們家吃的菜都比較清淡。尤其是早餐，何止十年如一？印象中，父母的早餐都不曾有任何改變。

母親說，吐司麵包和橙是世界上最簡單但又永遠吃不厭的兩樣食物。說得有理，那是因為平淡如水，才可以每天吃。試想如果要我每天龍蝦作早餐，芒果作水果，不發瘋才怪！

早餐多加一份沙律，使得我養成每日早晨親自洗菜的習慣。不是怕別人洗不乾淨，而是洗菜之道和怎樣善用水也是一門學問啊！我發現網上有很多人示範煮菜，但是比較少看到有人分享儲存青菜和污水（嚴格來說不算髒）的處理方法。

每一盆洗過菜的水，我都會分配為澆花和沖馬桶兩條路線去發送。提著裝滿水的盆子行走，也算是帶重運動，但千萬要小心，定要量力而為。我就曾經因為太貪心，弄到水花濺地而跌了一跤。所以現在只會裝半盆水，情願多走幾遍，順便賺些步數，環保之餘也同時做運動，何樂而不為？

某一天，我沒有外出，但步行記錄居然超過一萬步，證明我這

洗菜時，偶爾會認識新朋友。我讓牠享用我的菜，但過了幾天後，牠卻趁機逃脫了。可能牠覺得自己血糖沒問題吧！

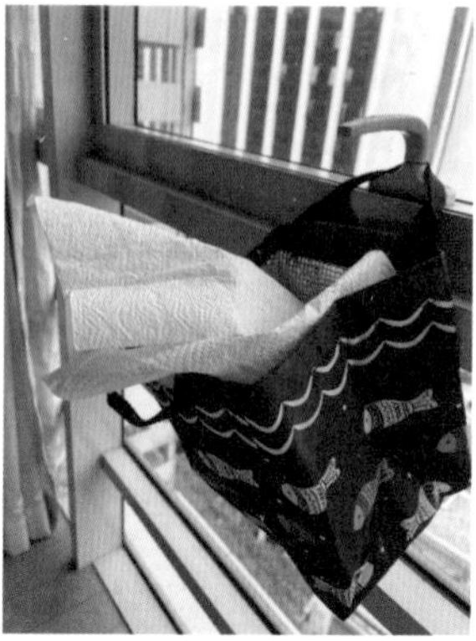

很多人都知道買回來的青菜，用 kitchen towel 包裹可以保存新鮮度。但我會將這些紙曬乾後重複使用，直到功成身退為止。

套運動也挺管用的。當我跟朋友分享的時候，有人開玩笑說：「在家裡也可以走上一萬步，你的家到底有多大啊！那不是炫富是什麼？」這位朋友說得一點都沒錯，我所炫耀的是心中的富有啊！

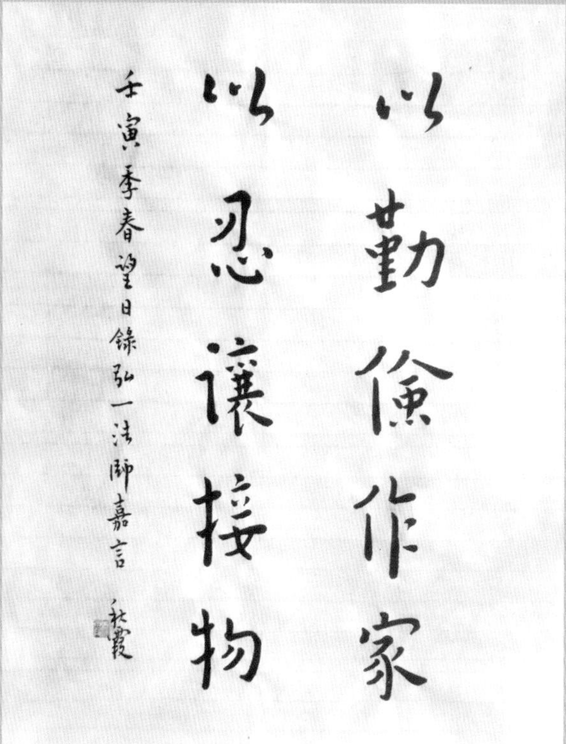
以勤儉作家
以忍讓接物
壬寅季春望日錄弘一法師嘉言
秋霞

臨摹弘一法師的《嘉言集》

台式早點

母親每次到吉隆坡來，都會小住半個月。在水土不服的影響下，她常埋怨說舌頭會變厚，也因腳變大而擠不進鞋子裡。我特地為她買一兩雙大半號的鞋子放在家，以應不時之需。她在飲食方面，因味道太辣太濃，就更難適應了。所以我會盡量選幾家適合她的粵菜館，點一些不辣的菜給她吃。

記得當時在市區裡有一家台灣人開的豆漿店，有賣她愛吃的燒餅油條。從我家去需要半小時的車程。我們暫且放棄英式早餐，每天開開心心地送我女兒上幼稚園後，再開車到這台式店享用早點。特別是那肉鬆糯米飯團，有點像上海粢飯，都在我們指定的菜單內。

濃濃的鹹豆漿，灑點蔥花，暫時緩和思念母親之情緒。

母親曾經告訴我，這段時光是她在吉隆坡生活最舒服愉快的。本來她只奢望有一天推著孫女的嬰兒車在花園散步就滿足了。沒想到在上帝的憐憫之下，她居然有機會帶著孫女兒「遊車河」上學去啊！另一原因是，吃這些清粥小菜可以讓她回味往日在台灣陪我拍戲的日子。那時電影公司都會為拍夜班戲的劇組安排燒餅油條作宵夜。我怕胖，從來不敢碰這些澱粉製品，但母親總是吃得不亦樂乎！我結婚後的情況就不一樣了，再也不需要為上鏡好看而壓著自己的胃口。終於可以陪著媽媽「大開殺戒」了，才發現原來七年來我為了拍戲而作出挺大的犧牲！

除了女兒不用上學的星期天，我幾乎每天都帶著母親到這家豆漿店，風雨不改。真的不覺得厭嗎？我想，其實是一種sentimental的回憶牽引著我們（我可能是報復式找回七年錯過的回報）。這一家台式料理當時在馬來西亞是絕無僅有，價格比普通吃早餐的店來得貴。由於這個原因人流不多，肯定不需要等位。但是我們真擔心它會因生意不好而熬不住，所以盡量支持它。可惜我們能力有限，不到一年的時間，它真關門歇業了。可悲！

至今，店和人都成過去了。時間飛逝，女兒已生了第一個孩

才十個月大的小 baby，穿上游泳衣已顯出英姿煥發。我不要當恐龍婆婆，只是期待每天可以送你上學去。

子，很快就要為他上幼稚園作準備了。我在憧憬自己會否像母親一樣送孫子上學？然後吃個早餐？啊！我真懷念陪著母親一起吃早餐的時刻，雖然是清茶淡飯，卻帶來溫情無限。

賤人館

不想發生的事情最終還是不能避免的。年邁的老傭人瓊姐，在我們家已度過二十六個年頭了，最近因為健康出狀況而向我辭職，準備回老鄉吉打去。縱有千般不捨，還是要以她的意願為主，只希望她調理身體以後，健健康康地安享晚福。臨別時，我提醒她要多準備每天吃的藥，並要謹記定時服用，跟她共事多年的菲律賓姐姐突然嚎啕大哭起來，令我也為之愕然。又不是永別，她還是會回來探望我們的。反正她是獨身，無兒無女，我們早已視她為一家人了。

很巧合的，退休接近三十年的舊傭人前兩天從新加坡打電話來向我問好。蘭嬸雖已八十多歲，頭腦卻還很靈活。我當年結婚不久就請她來幫忙做飯，照顧我們一家起居飲食。那時候我還很年輕，偶爾也會進廚房跟她學一兩道菜，只是因為她太能幹了，我當然沒有用武之地。這幾天瓊姐回鄉了，在情急下，我突然回想學過的幾樣拿手菜式，可真派上用場了。暫時還沒有收到對我廚藝的任何投訴，我看就算有，家人看我為了準備那兩頓飯而忙到不可開交，也不好意思說出來，只好忍氣吞「飯」吧。

我婚後定居馬來西亞已四十多年了，開始時真的是人生路不熟。全靠幾位很稱職的家傭照顧幫忙，而每一位都跟著我超過二十年。很多朋友都好奇我和她們的相處方式，這可能是與我母親早年的教導有關。記得在我唸中學時，家裡忽然來了一位老人家，還住了一段挺長的時間。母親說這位老婆婆是她小時候的傭人。她自責地說自己刁蠻任性，常常欺負身邊伺候她的人。誰替她穿絲襪（那時她已十幾歲！）穿歪了，她就會敲誰的頭。這使她覺得很內疚，所以她不想我重蹈覆轍，尤其在我出嫁馬來西亞之前，她千萬叮囑我要好好對待家傭，我也牢牢記住了。

人與人之間的關係，是要用心經營並彼此包容的。幾十年來，言語溝通上的問題一直存在。港式用詞與語氣，也曾經引起不少誤會。記得蘭嬸上班不久就怒氣沖沖地向我辭工，說是因為我母親對她很不客氣。怎麼可能！一個寧願怪責自己女兒也不會虧待別人的好榜樣，怎樣會欺負她呢？蘭嬸忿氣地說：「我雖是替你打工，是個下人，但是我們絕不是賤人，你媽太過分了。」天啊！終於找出真相了。原來我母親只是問了一句：「你是從薦人館來的嗎？」是「推薦」，介紹所的意思，不是賤啊！

再大的誤解，再難的問題，我們都應該花時間去磨合，只因珍惜對方。感謝你們出現在我的生命裡，只要大家都平平安安，重逢的日子也不會太遠的。

前幾年我在香港做化療的那段日子，瓊姐來照顧我。

蘭嬸最近從新加坡過來探望我，我們互相叮囑要保重身體，一起活到一百二十歲。

難為了主婦

老二有位從小一起長大的同學淑慈，她曾經有過常常出現在婦女手上的毛病，一般稱之為「主婦手」，當手碰到化學用品如洗潔精就會產生敏感。她在疫情期間開始嘗試用椰子油來取代日常接觸的化學原料產品。上了DIY課程後就自己在家裡生產全天然的椰子油清潔劑。

淑慈真貼心，送了一瓶讓我試用。對於新的產品，我習慣先讀標籤，上面寫著椰子油和芥籽花油的比例，是一種多用途的洗滌劑。有一次我不小心讓衣服沾了醬油，我用兩滴試試看，果然能馬上清理乾淨，而且手上好像多了一層油質的保護膜。我才發現它的確是多功能的，不單用作洗碗碟和蔬菜水果，還可以洗衣服喔。所以我現在每天晚上也用它洗手帕、口罩，甚至用在一些絲質衣料上，既安心又不怕傷皮膚。

熟悉我的朋友都知道我不常為品牌做推薦，因為身為百盛百貨的老闆娘，有好幾百個各種類別的供應商，所有品牌都是我們的合作夥伴。所以我很少特意偏向為某一個品牌做推廣，但是難得這位踏實的年輕人想要創業，而且產品是純手工天然的，我想我應該大力支持。

農曆新年前，我的丈夫特地訂製了幾件絲質batik布的馬來傳統服裝，以應付出席各大小晚宴和外賓前來我國訪問。沒想到新來的菲傭姐姐將它泡在水裡洗，可想而知那件衣服最後會變成什麼樣！我不能怪她，因為是我太忙而忘了吩咐她這件衣服要送去乾洗。

回想我剛當明星後開始賺多了錢，母親為了讓女兒穿得體面一點，就買一些名牌衣服送我。印象最深刻就是一件法國名牌 Lanvin 的絲襯衫，給她用水洗後變得面目全非。我們才學懂要看衣服裡面的洗滌指示標籤。

剛嫁到馬來西亞來的時候，我的傭人也曾經將我丈夫的領帶洗到變成一條條旋轉式雞腸那模樣！當她問我是否可以將它熨平還原，我真哭不出來！媽媽最會看穿女兒的心，知道我的脾氣隨時會爆發，連忙勸道說：「每個家庭幾乎都會鬧出這樣的問題，我以前也不就是這樣嗎？」

母親氣定神閒地說一句話，卻帶有無比的力量，將我的衝動給壓下去了。說的也是，何必為了一些物質上的東西而傷了感情呢？動怒是不能解決問題的，自己先要學聰明才對。

老二替新產品設計包裝，我也樂得幫忙宣傳。分工合作，從零開始，很有返璞歸真的感覺。

老二大學是讀設計的，也愛動漫和卡通人物。她的作品保留著一份童真，難能可貴啊！

善行

這個月初，我為慶祝孫兒善行出生一百天辦了一個小型午餐會。幾乎每一位前來道賀的嘉賓都在問「善行」這個名字是誰取的。比較熟悉我的朋友猜想一定是我這個「立志以籌款為終身職業」的外婆出的主意，其實他們只猜對一半。這話怎麼說？難道是善字或行字平分一半嗎？說起來，善行的來臨是有一段很奇妙的經歷。

二〇一六年我得了癌症，這已經是一件公開的事。患病期間，我除了每兩星期做一次化療，還不時要做各種不同的掃描，包括正電子電腦斷層掃描（PET Scan）。這是通過注射放射性追蹤劑找出癌細胞的定位最可靠的方法。當天我接受注射後，正昏昏沉沉在等待掃描時，聽到醫院廣播系統重複傳來「李善行醫生」這名字。「這真是一個好名啊！」我心裡在想。聽起來很親切，就如自己親人一樣。女婿姓李，如果將來我有孫子或孫女，不如就取這個名字吧！我覺得這是一種緣分，也是一個好預兆。

掃描完畢，我跟家人（包括外甥女——我的主診醫生）提及剛才發生的事情。他們對我半信半疑，以為我受藥物影響下說出一些幻想出來的話，後來更加發現醫院根本沒有這位醫生。再試從網上搜索，全香港也沒有一位醫生叫這個名字的。這實在是太玄了！

這段疑幻似真的故事，令我想起小時候聽媽媽說過類似的夢境。她夢見天上出現一道曙光，兩位穿白衣的天使將一道長長的樓梯伸往她的面前，並告訴她關於上帝的旨意。從此她就加入教會，信奉基督教，成為一名非常虔誠的教徒。我也是從幼稚園開始就讀於教會學校，升中學後在教堂當起司琴為合唱團伴奏，直到加入演藝圈為止。

一直以來，我很少在文章中談及自己的信仰。無論信奉基督教，或其他宗教，我深信在浩瀚的宇宙中，有些奧妙的事情是我們無法解釋的。人的智慧與能力有限，對不明白的，我選擇不去追根究底，反而欣然接受眼前所見所聞，並期待將來會遇到的因緣。

七年了，終於等到孫兒的誕生。善行，一個從天上傳來的名字，是何等恩賜！

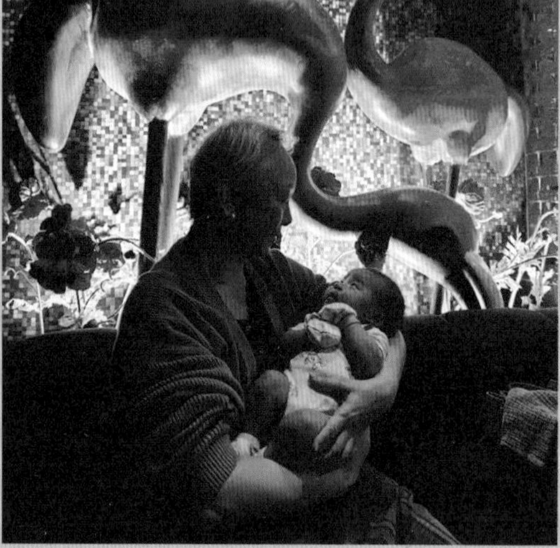

良辰美景，拍下婆孫對望的感動時刻。

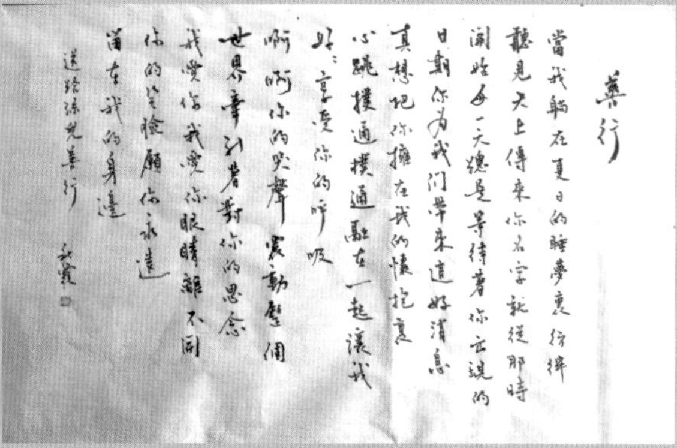

善行

當我躺在夏日的睡夢裏彷彿
聽見天上傳來你名字就從那時
開始每一天總是等待著你出現的
日期你為我們帶來這好消息
真想把你擁在我的懷抱裏
心跳撲通撲通融在一起讓我
好好享受你的呼吸
啊啊你的哭聲震動整個
世界牽引著對你的思念
我愛你我愛你眼睛離不開
你的笑臉願你永遠
留在我的身邊
送給孫兒善行
秋霞

為善行譜了一首歌曲，希望他長大以後，我們兩人合唱。

一首兒時學的歌

最近我們百貨店引進了一家美髮連鎖店 Le Classic，剛好與我的 C & See Lounge 為鄰。那天開完會後，我急不及待去打聽一下，新開業期間是否有一些特別的優惠折扣。正在參觀時，偶爾發現頭頂上掛著一個寫有 black hair 的牌子，我半開玩笑地問接待員：「是不是通過這走廊，頭髮就會變黑？」「嗯……」她還來不及反應，我又再說：「但是我想將頭髮變成全白可以嗎？現在總覺得差那麼一點點。」

聽起來像是在開玩笑，但我感覺當時隨口說出這句話時，一半是認真的，另一半大概帶一絲絲感嘆吧！反正要變回以前黑髮的樣子（其實也是靠染的）已不太可能了，不如就來個徹底大反差，樂得乾淨俐落。能夠擁有一頭全白亮麗的頭髮固然是最理想的，但是不能如願也只好接受吧！我常常笑說自己像前印度總理甘地夫人的反面版本。她那黑髮中帶一小撮白是她多年來的象徵，我卻是白中帶黑，感覺還不錯啊！現在我已完全習慣這個新形象，起碼以後再不用為染髮而煩惱了。

回想當年大病導致頭髮脫落，在等待「幼苗」長出來的時候，患得患失絕對可以形容我當時的心情。因為根本預計不到頭髮的顏色會是怎樣。結果是令我喜出望外的。雖然是黑白參半，但初生的頭髮就像嬰兒般的柔軟貼服，這也算是對我的補償吧！

我的母親同樣是為了癌症而受了不少的苦。相比之下，她沒有我看得開。媽媽年輕時頭髮濃密，配上標致的五官，比我更有一副明星相。所以當她生病時，面對容貌的變化是極大的打擊。我曾經

香港著名化妝師陳文輝曾説過我像林翠；拍攝這照片的攝影師又説我的大眼睛像林黛。媽媽卻説我是最不像明星的明星！

勸過她在治療後放棄染髮，但她視髮為命，沒法聽進去。

在她病榻上，我常常守在她身旁，一面替她按摩紓壓，一面唱歌給她聽。有一次我問她：「記得你以前教我唱的第一首歌嗎？林黛主演的電影《翠翠》裡面的歌。我唱給你聽啊！」

「熱烘烘的太陽往上

爬呀，往上爬。爬上了白塔照進了我們的家……」當唱到尾端那一句時，我用手輕撫著她剛長出來的白髮，唱道：「爺爺頭髮，像棉花呀。」

我看到她輕輕一笑，而從她微弱的眼神中，我感受到她終於釋懷了。

頂著白髮，我昂然地踏著自己的步伐，勇敢面對以後的人生。

媽媽的偶像

得知影視界長春樹胡楓先生（大家尊稱修哥）獲頒香港金像獎終身成就獎，確是實至名歸，我衷心替他高興。年屆九十二歲高齡，還活躍在影視圈，備受廣大觀眾愛戴。尤其一大群乾兒子乾女兒對他寵愛有加，可想而知他是一位非常受後輩尊重的可愛老人。

我在當演員時雖然沒機會跟他同台演出，但也經常會在電視台化妝間與他碰面。記得有一次在我家附近遇見他，跟他閒談了一陣子。當時在旁的媽媽顯得特別開心，才發現原來她從年輕就一直視修哥為偶像。有機會跟自己偶像聊天，當然是件樂事，可以讓她懷念一輩子。

母親年輕的時候就像明星，可惜她沒有進電影圈，要不然肯定可以成為別人的偶像。

我嫁到馬來西亞後，也不乏與修哥見面的機會。每當見到他時，他都會談及我的母親，並送上問候。現今媽媽已離世三十多年，喜見修哥仍然精神飽滿，活潑精靈地繼續做他喜愛的工作。他敬業樂業，對香港演藝界的付出和貢獻，實在令我對這位老人家肅然起敬。

我曾提到我是標準戲

迷，媽媽亦然。很多時候母女倆的話題都落在談論電影和影星上。我們談的可不是娛樂圈的花邊新聞啊！而是研究演員的形象、演技和才華。她說，男演員的風度最重要，而女的就要有氣質。她會分析演員某一些特別的小動作，如四哥謝賢每次出鏡時都先退後一步，才轉頭離開，這就是他的招牌動作。

媽媽雖沒有受過專業訓練，但憑她的眼光和感覺，選出的演員都必成大器。真想不到，她身為一位長者，還會像小孩一樣每天吵著下午四點半要看兒童節目《430穿梭機》，為的就是要看那幽默風趣的主持人周星馳。他的確帶給觀眾無限歡樂，包括我的母親。

一九八九年是母親離世的一年。那年的暑假特別悶熱，她在病榻上，再已提不起精神看電視節目了。我只好盡量留在她身邊，陪她聽電視傳來的聲音。當時電視劇《義不容情》在熱播中，而陳百

香港知名作家李純恩請吃上海菜，與四哥謝賢喜相逢，分外開心。

強唱的主題曲《一生何求》打動了很多人的心，也陪伴母親度過最後的歲月。

自Danny出道以來，母親一直稱讚他優雅的聲線，更說這首歌是她最喜歡的。看著無助的她，我唯一能做到的是放一個小型錄音機在她的床邊，隨時可以讓她甜睡片刻。「冷暖也可休，回頭多少個秋……」那一年的秋天，她離開我們了。

十全十美

在母親臨終前最後半年的那段日子，我幾乎每隔十天就飛香港一趟。那時我的兩個女兒年紀還小，老三也剛出生不久，是最需要我照顧的時候，所以我不太可能一直留在母親身旁，只好盡量兩邊兼顧。其實，醫生早已跟我們交代好，要隨時做好心理準備。沒有人能夠預計母親會在何時離開，做兒女的也只有默默地等待那一天的來臨，一切順著天意吧。

與母親一起度過她最後的歲月是我的福氣。雖然她離世的前一天，我剛好回馬來西亞準備要為自己慶生。雖然心情沉重，但只要能與家人在蛋糕前許願，希望奇蹟會出現，小孩的笑聲暫時也會讓自己舒一口氣。

一九八九年十一月九日，是我生日的前三天。那天下午我準備要帶小孩出去走走，出門前卻接到哥哥的電話告訴我母親安詳地走了。我沒有太悲傷，似乎早已接受了。心中只是有點埋怨，為什麼不讓我目送她離開，這樣她可能會安心一點。後來想通之後，覺得她是不忍讓我太傷心，不想我永遠記住她閉上眼睛那一刻吧！

在醫院照顧母親的日子裡，我深深地感受到生命的脆弱。每當醫生巡病房時，我都懷著一線希望去問各種可以挽留母親的方法，直到最後全家人都陷入無助的處境中。從以前最怕看到血的我，因看多了母親身上大大小小的傷口，已經堅強起來。她腹部開刀的傷口一直都不復原（根本不會復原了），為了方便用喉管抽出壞死的腐爛物，醫生就只能用紗布輕輕蓋住那個大洞。有時候媽媽會撒嬌，要求我看她的傷口，以表示我對她的關懷和愛。我看了，也深深體會到她所受的痛。

在一個寧靜的下午，母親精神似乎好一些。她輕喊我坐在她床邊，替她按摩她的手。當我們的雙手緊握著，感覺是何等的親近。她淡然地說：「你這樣孝順，天一定會回報你。你現在每樣都有，只差一個兒子，但是人不可能十全十美的，九美就好了。你不是已經有三個女兒了嗎？」

母愛是多麼的偉大！自己受著苦難，還要記掛著孩子的幸福。媽，多年來你遙遙地守護著我，我和孩子的生活都過得很好。就如你所說，人生總會帶有一點遺憾，而我從來不覺得那是不足。曾經得到你的愛，我的一生已接近十全十美了。

在快完成這篇文章之際，巧見青島釣魚台酒店大堂，擺放著當代藝術家隋建國的雕塑《啟雲》。底部呈現出雙手緊扣的設計，像是冥冥之中註定的。

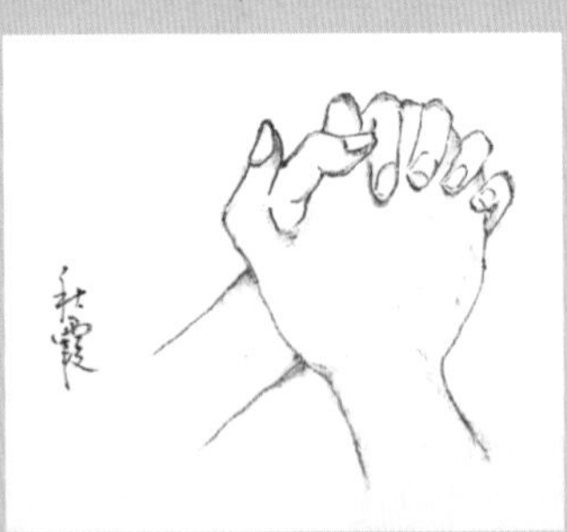

拿起毛筆用簡單的線條勾畫出母女之間無限的愛

第五章

與孩子互相學習

媽媽是恐龍？

為了迎接龍年的來臨，早在去年十一月已開始準備一些龍的畫用作義賣。連我香港的前助理也說要提早跟我拜年，因為他知道我每年年底都會忙著為金獅百盛基金會籌款，這幾乎是每逢過年前的指定動作。

對我來說，繪龍有一定的難度，因為龍的形態本來就很抽象。自古以來，可以供臨習或參考的畫作不多，也沒有人真正看過龍的樣貌。畫家都憑有限的資料，加上自己的想像力畫出心中的龍，也因為沒有對錯的準則，創作的自由度反而更大了。

我在繪畫方面不太敢創新，尤其這些畫是作義賣用途的，總不能任意妄為啊。還是請鍾木池老師指導我，規規矩矩地學習好了。這些龍的畫作需要經過多次的渲染，費時起碼一至兩個星期才能完成一幅作品。經過三個月時間，終於完成了接近二百幅不一樣風格的大小作品，以不同定價讓熱心人士認購，也順利地為基金會籌獲二十萬馬幣的善款。

去年到日本時，到處可以看到各種各樣以配合龍年的商品，主要是漫畫式的創作，有些像恐龍，甚至海馬也歸納為龍的家族。真佩服日本人的設計能力，我也不妨試試看？我準備了一批Q版的可愛小龍作品，希望能吸引一些家長，讓他們的小朋友一起參與這項慈善活動。沒想到這次小龍義賣很受歡迎，也讓我深深體會到積少成多的道理。

跟過往牛年虎年義賣一樣，由於需求太多，三個女兒都樂意幫忙做些點綴的工作，如在畫上加些金點。當她們看到像恐龍的卡通動物時，不知道是誰先提起很多年前的一段往事，令我啼笑皆非。

話説當年一位女朋友帶我的三個女兒去電影院看第一部 *Jurassic Park*，看完以後就約我吃晚餐。在餐廳裡，她們玩得有點得意忘形了，我這個媽媽當然要及時阻止她們的行為。大女兒可能受電影影響而膽子壯大了，居然説媽媽兇到像一隻恐龍！房間裡突然鴉雀無聲，兩秒過後，全部客人都哄堂大笑起來。

事情發生後，可憐的我就被冠以恐龍的身份了。直到今天，當每次有人提到這段笑話，我都會做出哭笑不得的表情。那又怎樣？只要能讓大家開心，我當恐龍也沒什麼大不了。為別人帶來歡樂，也是善舉呀！

威猛生動的龍畫深受商家的青睞

不要小看我這隻恐龍啊！經過三個多月的苦耕，為慈善義賣帶來了很好的成績。

Q版龍畫比較接地氣，賣出的數量超過二百幅。

幸福 1010

有人說，家長未能完成的願望，很多時候都會寄望在孩子身上。我小時候很希望成為畫家，幾十年後的今天，總算踏上了這夢想的路途。平時創作一些書畫為慈善義賣，雖不是科班出身，也讓我樂在其中。那我有期盼我的孩子步我後塵，甚至青出於藍嗎？

說實在的，我很慶幸自己沒有因為三個小孩的學業而落得「虎媽」這尊稱。我一直相信只要是她們喜歡的科目，讀得開心之餘，成功機率自然更高。

大女兒 Natalie 從小喜歡畫畫，我覺得她是挺有天分。當她準備進大學時，我說過讓她自由選科，也曾提議她去法國唸藝術。當時我笑說希望看到她戴上畫家帽，手捧著調色盤，頸上繫著長長的圍巾，輕盈自在地隨風飄逸。這完全不就是我替她設計的畫面嗎？還敢說自己從不干擾她。

女兒最終選了 Media and Communication（媒體與傳播），課程也包括 Journalism（新聞學）。我開始想她會不會當上主播？又擔心她會做戰地記者，因為那一年正是美國跟伊拉克戰爭。我會不會想太多啦？

好不容易等到女兒學成歸來，我才覺得我完成了任務。Natalie 進了我們百盛百貨從低做起。付出十八年時間，現在已經是獨當一面的行政人員了。她偶爾閒來會作畫，藉以陶冶性情。沒有畫家帽，不用調色盤，藝術在於她只是自得其樂的玩意兒。又有多少學藝術的人（包括我）可以做到無慾無求呢？自在地過著她選擇的生活方式，這才是我最希望看到的真實畫面啊！

很多人都說大女兒樣子最像我。她的藝術天賦可能比我高，只是我沒有像一般家長一樣「催谷」一個藝術家的誕生。

小狗 7+3

我常在文章提到老二 Serena，從她買零食寵我，卻又互相鼓勵做運動；一起量體重，並雙雙承受那挫敗感。可以說，我們是共同進退、並肩作戰的母女。就連物理治療，也是看同一個治療師。

我寫文章的這一刻，是剛完成一小時的療程，而她是接在我後面的那一位。治療師看了我一眼，我有點尷尬對她說：「不好意思，你才把我頸項肌肉弄鬆，我又低頭寫稿了。要趕稿啊！」她可能預估不到更糟的，就是說不定等 Serena 做完時，我們又一起去喝下午茶呢！今天是公眾假期啊！饒了我們吧！

記得 Serena 剛開始讀小學一年級，有一天我去接她放學時，發

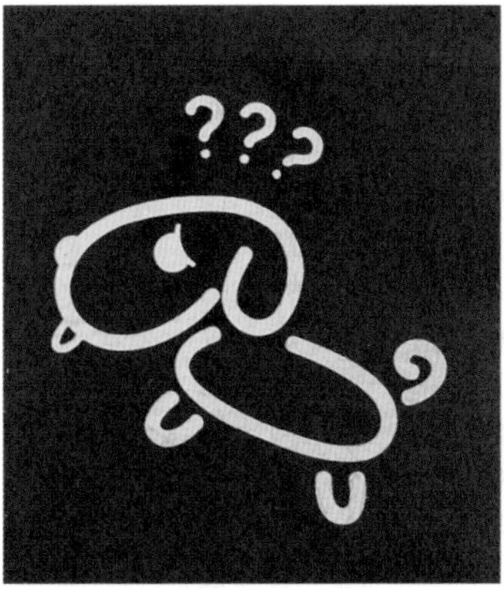

歷練是靠經驗累積的，但有時候就是欠缺了年輕人的純真創意。這小狗太吸引了，我在創作方面真自嘆不如。

現她的小包包裡裝滿了銅幣。走出校門時，發出叮叮噹噹的聲音。原來她把零用錢都存起來，帶到學校去。我當時在想，她的性格可能像爸爸，將來會是成功的生意人。

如我所料，老二在數理科確是比較強。以前我最怕大女兒問我數學功課，老二就從不會讓我操心的。在藝術方面，她也跟姊姊一樣喜歡繪畫，不過，她畫的東西比較理性化。簡單的線條乾淨俐落，有大刀闊斧果斷下筆的感覺。看來，她選讀設計是很適合她的。

有一次我偶然看到她設計的小狗，非常可愛。感嘆自己畫畫總是顧慮太多，加一筆後又多加一筆，到最後愈加愈亂，直至沒有回頭路為止。我跟 Serena 說：「我太喜歡這小狗了，既然你喜歡動漫，何不用牠來創作？賦予生命，讓牠活起來？」

媽媽的承諾終於兌現了。我們合作創造了 Hot Dog Society 這品牌。有動漫、畫冊，更有周邊商品。雖然不算是成功，虧了一些錢，但是起碼讓我倆嘗試過創業的樂趣。我想，若能保留這份不怕失敗的幹勁，說不定，以後機會還會重來啊！

Serena為Hot Dog Society故事主角設計的初稿
Serena Cheng

從零開始，一步一步地創造屬於自己的世界。不管成功與否，也是獨一無二值得紀念的作品。

家中還放著當年品牌動畫片的兩個主角，Hot dog 和靚靚的紙板公仔，現在是孫子最喜歡的 figure，價值連城啊！

驚喜連連 123

過去有很多與小女兒 Vivien 的對話都讓我回味無窮，偶爾想起也發出會心微笑。

小學六年級，她放學回家後跟我說：「媽咪，我是音樂師。」我聽後喜出望外，年紀小小的她居然已認定目標要當音樂家？是我聽錯嗎？她用廣東話再說一遍：「我音樂科拿到C。」「怎麼可能？」我驚訝地叫出來。雖說她一向在音樂方面的表現比不上運動出色，但起碼也會拿個B吧！女兒解釋說：「學校規定參加合唱團的同學直接拿A，其他全拿C。」我聽過黑白分明，愛恨分明，從來不知道有A、C分明這回事。我心裡想，好歹她也是我陳秋霞的女兒啊！

高中快畢業時，我問她什麼時候準備跟大姊一樣到澳洲留學，她反問我說：「誰說我要去澳洲呢？我打算到中國內地，選了北京科技大學。」她又為我帶來驚喜。我豎起大拇指，稱讚她有志氣，有遠見。但是沒想到不到一年，她就在電話中向我訴苦。讓她憂慮重重的是，中國本土學生讀書超厲害，尤其是數學科，都是精英中的精英。「你中學時期數理科不已經是數一數二的？還拿過不少全國公開比賽的獎盃嗎？」我開始緊張起來了。「我在高中畢業前所學的，內地學生早在一年前已全部讀完了。」女兒解釋說。我是第一次聽到 Vivien 為她的學業擔心，難得她願意向我傾訴而不是悶在心裡。我不想給她壓力，只安慰她說順其自然就好。慶幸的是，Vivien 很快就適應大學的生活，非但能應付繁重的功課，還參加大學排球校隊，這可是她的強項啊！

有一次我到科技大學跟校長會面，主要想了解有關我們公司頒發獎學金資助的二十五位馬來西亞學生（當然不包括Vivien）的情況。有兩三位同學是Vivien的死黨，我猜想這也是她當初選讀科技大學的其中一個原因吧！跟校長會談中，她告訴我Vivien有一個動人故事，讓她在校聲名大噪。我再一次吃驚了，以為發生了什麼事。原來Vivien的同學宜恩因打排球受傷，導致韌帶斷裂，好幾個月不能走路。女兒是最講義氣的，她風雨不改，早晚背著宜恩從宿舍走到課堂上下課。馬來西亞人很難想像北京的冬天有多冷！冰雪中，她倆穿著厚厚的羽絨外套，走起路來更是艱苦。全靠堅定的意志，深厚的友情，她們終於熬過了。

女兒真的長大了，小時候對打針有極度恐懼症。我常笑她像成龍大哥。現在居然能陪同學看醫生，做體檢。其中應該出現不少打針的「恐怖」畫面。我笑問她：「你自己這樣怕打針，是怎樣克服的？」她帶點頑皮地回答：「針是打在她身上呀！我怎麼會怕呢？」

雖已是大學畢業生，我手搭在她肩上，彷彿把她當成永遠長不大的孩子。

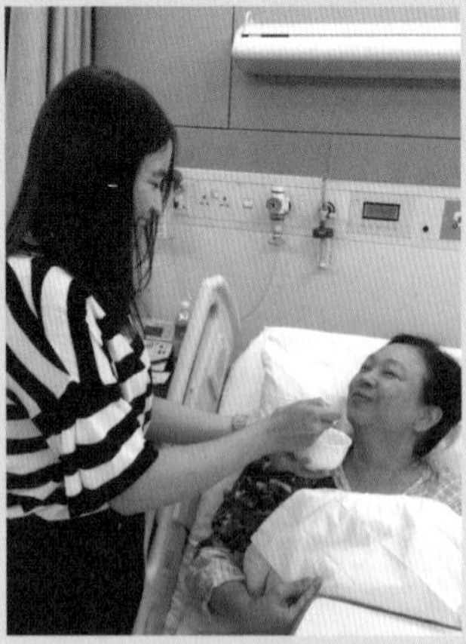

患病期間，小女兒日以繼夜細心地照顧，讓我笑逐顏開，完全忘記了病痛之折磨。

我死給你看

從小在基督教家庭長大，加上最近這幾年讀過一些佛學的哲理，我不算是一個迷信而對某些事情有忌諱的人。我與三個小孩的相處方式也比較開明，沒有什麼特別話題是要避開的。就如提到死亡，在很多家庭中或長輩面前是要小心處理的，我們卻處之泰然。

尤其是我，以前整天將死亡掛在嘴邊，講多就不覺得可怕了吧。相信很多土生土長的香港人都會認為通俗的説法如「你死給我看」是很普遍的，甚至帶一點親密撒嬌的含義。直到嫁到馬來西亞來，當小孩不聽話時，我也會用這樣的語氣責備她們。後來有位台灣朋友告訴我，她的丈夫生氣時叫她去死，她真傷心難過了很久！

聽了以後，我也想過要改善，不過這麼多年已經習慣「死來死去」，一時之間也很難完全改掉。折衷辦法就是改成「我死給你看」。命是我的呀，可以自由「調整」吧。

有一天，我正在書房整理照片，當時只有十歲的大女兒剛好路過門口，我喊她進來，想要交代她一些事情。我拿著一張黑白照片對她說：「這張是媽媽最喜歡的個人照。如果有一天媽媽死了，你就用這照片放在靈堂上吧，記得喔！」

一個小女生聽到媽媽這樣說，會有什麼反應？或許我可以期待她怎麼說？像電影劇情一般說：「媽，不要亂講話，你一定長命百歲的。」會是這樣嗎？結果，我得到的是出乎我意料之外，卻又很踏實的回答。

「媽咪，是不是叫那些人把它放大就好了？」

對事物的看法往往會隨著年紀增長而有所改變。我決定用這幅照片時還很年輕，現在再看又略嫌照片中的我太稚嫩了。是否要重新考慮呢？

當 Mr. Sun 遇上 Mr. Jay

從小到大，令我最感自豪的莫過於跟孫中山先生在同一天生日。我唸小學的時候，十一月十二日是香港法定公眾假期。印象中，家人沒有為我準備蛋糕，在那年代，生日蛋糕是奢侈品。但是，可以吃到紅雞蛋或大雞腿，加上不用上學，對小孩子來説已是最開心不過了。

我感覺與孫中山先生特別有緣，因為在一九七七年，我是在台北國父紀念館獲頒金馬獎的。頒獎台上巨大的孫先生遺像彷彿見證了我的人生經歷。三十年後，當快要到十一月時，我突然有一個念頭，很想到台灣慶祝我的五十歲生日。地點不是酒店或餐廳，而是重回國父紀念館，拾回一些舊日的足跡。

剛好我的小女兒 Vivien 選了台北與幾位同學去畢業旅行。在十二日當天，我請她充當攝影師，替我在孫中山高聳的銅像下拍一張合照。我當時應該是太得意忘形，居然抬頭跟他說起話來。「Hello，我們認識五十年了，今天特地來跟你一起過生日啊！」銅像有一定的高度，我用比平常大的聲量說，讓女兒又驚訝又尷尬。我看到她哭笑不得的表情，我也忍不住大笑起來。這樣非一般的慶生方式，是出乎我意料的。難得即興去做一件事，讓自己放開懷抱，何樂而不為呢？

我答應小女兒請她和三位同學吃午餐。為了帶給她們一個驚喜。我託朋友替我安排當時最火的 Mr. J 西餐廳。老闆是她們的偶像周杰倫啊！餐廳房間裡的佈置既新潮又不失高雅。看著她們用手觸摸各種擺飾，連桌椅都不放過，是想像Jay曾經坐在同一張椅子上嗎?粉絲的心思，我這個曾經當過明星的媽媽早就看透了。

用餐時，想不到驚喜連連。杰倫的最佳拍檔方文山突然出現了!我們之前曾經合作，他可能知道我來台北就過來打個招呼。作曲的和填詞人見面時，天南地北，總有說不完的話題。最後當然是來個大合照吧!可惜那是很久以前的事了，現在怎樣都找不到這些照片，包括我站在銅像下拍的。

小小的遺憾算不了什麼，拍照時曾開懷大笑，與女兒親密的相處，和友人的短暫相聚，這一切都帶給我美好的回憶，讓我永遠藏在心裡。

孫中山先生的書法寬博沉雄，要臨寫不太容易。要是能學到箇中精神，意義就更深遠了。

新冠期間有感而發。現疫情已過，奮鬥精神永存於心。

我行我素

前幾年患了一次重病，讓我的人生觀有所改變。當感到生命原來如此脆弱，更加珍惜眼前一切。我希望以自己的經歷去啟發其他人，尤其是身處困境的病人。所以最近幾年，我不介意接受媒體訪問，又為報章和雜誌撰文，抒發情緒之餘，同時發放正能量。

我的其中一個專欄用了「我行我素」作為主題。聽起來像與我固執的性格有關。我一向喜歡堅持己見，但也不至於任意妄為，因為我還是會聽別人的提議，只是在某程度上，我做任何事情之前，在設定方向與架構規劃，都盡量先親自處理妥當才進行。另一個原因，我想用素食為題材，鼓勵自己和讀者多吃素菜，學懂愛護身體。

我不是素食者，也不是佛教徒，但我相信如果要堅持長期吃素，宗教信仰在精神上會給予很大的推動力。就如多年前當我還住在八打靈的舊家時，我每星期五的午餐肯定是素的。是因為天主教徒嗎？其實是當時八打靈的大牌樓正在興建，星期五尤其堵車，加上當時有一位陳世和老師下午兩點半會到我家來教水墨畫，我乾脆跟所有朋友（其實那時朋友也不多）說我週五要吃素，免得他們請我到外面吃飯，那我就可以安心在老師來上課之前將功課做好。一般來說，很多學生都會像我這樣，要拖到最後關頭才能呈上作品，而今天的我雖說已經是老師了，其實也沒什麼改進。

我從來沒告訴朋友星期五吃素的原因，但無論是宗教也好，畫畫也好，怎麼說每週一頓素餐也算是一個承諾，我就持續下去。直到那時媽媽在香港舊病復發，我需要港馬兩邊奔走，陪伴母親度過餘生。於是畫畫課就這樣停了，素食更不用說。我常笑言，如果畫畫課程沒中斷，以我累積多年的功力，可能早已成為畫家了。

當不了畫家，卻絲毫不減我對學習中華文化的興致。二〇〇二年開始學書法，也讓我首次接觸到抄寫經文。有些朋友看到我的小楷寫得還不錯，於是請我替他們抄經。當年眼力特別好，還可以寫「蠅頭小楷」呢！這些朋友從不介意我不是佛教徒，因為他們都相信我對宗教的尊重。

每逢初一十五抄《般若波羅蜜多心經》前，我都會茹素沐手，有時候也會焚香，讓心靈平靜後，專注地一筆一畫去完成並享受整個過程。朋友收到經文時，臉上總會散發出溫暖的祥氣，這也是我最希望看到的。很多時候，他們都會樂捐金獅百盛基金會。正如我每次抄完經文後都會加上「願以此功德回向十界一切眾生」。如我所願，藉此捐獻讓更多有需要的人受惠。

幾年下來，抄經早已成為每月必做的事，也通過這樣的方式跟很多人結緣。其實我並沒有固定在初一十五才動筆，偶爾也會因不同情況和心境而有所改變，比如二〇一一年三月十一日在日本發生威力無比的海嘯。

通過新聞報道，目睹海嘯的侵襲對當地甚至其他地方造成毀滅性的破壞，心裡實在很不好受。此時我拿起筆，用沉痛的心情抄了一篇《心經》貼在牆上，誠心為水深火熱的受難者祈禱。我相信當時在世界每一個角落，都有人跟我懷著同一個信念，就是希望災難盡快結束，死難者得以安息！

自那天以後，我打算每天至少早餐吃素，那我就可以隨時在中午前抄經。我對佛學認識不深，只能用自己的想法去計算。我估計

紫菜和昆布本屬一家，同樣可以隨時隨地提供精力，尤其是等待創作靈感到來時。

從晚上十一點（子時）開始，十二個小時不吃葷，那起碼是半天，甚至是接下來的半生（如果以時間來算）吃素。朋友聽後都覺得有點牽強，卻又認為不是太難做到的事，只要遲點起床不就行了嗎？其實我的問題不在於起床的時間，而是半夜要吃什麼宵夜。萬事起頭難，首先要解決的是那些平時愛吃的零食，如肉乾、蝦條之類的。只有下定決心將它們通通拋棄，才能讓自己活得健康一些，順便也可以減肥啊！

還記得剛開始實行這計劃時，常常忍不住要找點吃的，而紫菜是最好的選擇。堅持了一星期後，我就裝可憐跟孩子說：「媽媽已經連續七天吃紫菜了，有更好吃的嗎？替我想想辦法吧！」

孩子永遠是支持媽媽的，第二天晚上老二Serena拿著一大包疑似零食的東西向我招手，我感覺自己好像受愛護的寵物一樣，迫不及待地趕過去看看。她笑著說：「我買了特別的禮物送給你。」結果萬分期待，卻換來無限傷害！「怎麼又是紫菜？」我大聲喊道。她趕忙解釋說：「這裡有七種不同口味的紫菜，夠你每天換新的。媽媽，加油啊！」

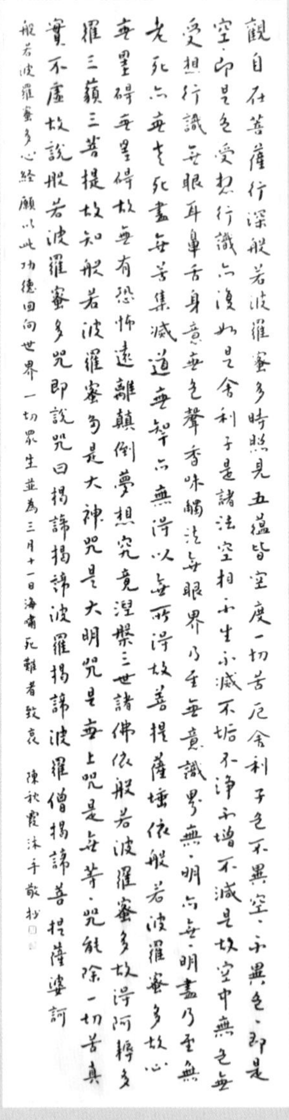
觀自在菩薩行深般若波羅蜜多時照見五蘊皆空度一切苦厄舍利子色不異空空不異色色即是
空空即是色受想行識亦復如是舍利子是諸法空相不生不滅不垢不淨不增不減是故空中無色無
受想行識無眼耳鼻舌身意無色聲香味觸法無眼界乃至無意識界無無明亦無無明盡乃至無
老死亦無老死盡無苦集滅道無智亦無得以無所得故菩提薩埵依般若波羅蜜多故心
無罣礙無罣礙故無有恐怖遠離顛倒夢想究竟涅槃三世諸佛依般若波羅蜜多故得阿耨多
羅三藐三菩提故知般若波羅蜜多是大神咒是大明咒是無上咒是無等等咒能除一切苦真
實不虛故說般若波羅蜜多咒即說咒曰揭諦揭諦波羅揭諦波羅僧揭諦菩提薩婆訶
般若波羅蜜多心經 願以此功德回向世界一切眾生並為三月十一日海嘯死難者致哀
陳秋霞沐手敬抄

翻看二〇一一年為海嘯遇難者所抄的經文，總覺字體帶點「火氣」。今天為他們重抄一遍，逝者已矣，我的心情早已平復，筆觸也顯得寧靜收斂了。

不一樣的九珠連環

年紀大了，學習能力已大不如前。尤其在外語方面，真有點力不從心的感覺。前一陣子想跟乾兒子 Tony 學一句韓語「新年快樂」，因他是韓國人，想到總有機會向他的親戚道賀，先學一兩句也無妨。誰知道，最簡單的新年祝福語居然有九個發音，唸到後面卻忘了前面，我想等到學懂時，恐怕要多等一兩年才能派上用場，真是讓我氣餒！

Tony 安慰我說學習困難跟年齡無關，而是韓語不像漢語來得精簡。中文只用兩個字已可以形容很多事情，而四字成語更不用說了，文學、歷史、典故都包含在裡面。他說得也有道理，中文的確淵博、深遠，難怪我窮幾十年時間都學不好，不期然更添挫敗感了。

用詞的藝術，可以美化事物，但一不小心反而會得罪人。一位朋友曾說過，如果在罵人時用上「沒家教」這三個字，間接就連人家的父母也不放過，極具殺傷力。我引以為鑑，不敢亂說。印象中我只用過一次，形容坐在隔壁桌用餐的一家三口。那兩個七八歲的小孩（其實也不算小）為了爭吃魚，在餐廳裡大喊大叫：「我要魚，我要魚……」，此起彼落，聲量一句比一句大，而「和藹可親」的爸爸不但沒阻止，更滿臉笑容地餵著他的寶貝。我半開玩笑對家人說：「真沒家教的孩子，再吵就把魚塞進他們的嘴裡！」沒想到，這句戲言卻成為我家的一道家規。大女兒告訴兩個妹妹：「以後我們千萬別送孩子到媽媽家去玩，不然晚上接他們回家時，會發現魚就在他們的嘴裡。」。當時大女兒也只不過是高中生而已。

家教，在我對孩子的「期待排行榜」中永遠佔首位。我在媒體訪問中也常常提及，如果要我選出自己一生中的成就，那肯定是我給了女兒一顆善良的心，而她們在別人眼中是有教養的孩子。聽起來不難，但能實現也要經過多年來內心的掙扎。管教不能太嚴厲，也不能過於放鬆，單單在挑選食物方面，女兒想必也吃了不少苦頭。

我小時候是比較偏食的。我曾經在一篇文章〈我愛年糕?!〉中提過對食物的喜惡曾經帶來一些困擾，甚至影響跟父母的感情。記得當時連再平常不過的紅色西瓜肉、黑色的仙草（涼粉）也讓我心存恐懼。而現在普羅大眾，尤其是年輕一代都視為上品的鮮橙色三文魚，我也是在十五歲那年，鋼琴第八級考試拿到優等成績，在老師獎勵下才勉為其難嚐一口罷了。我想這多多少少跟家庭環境與生活習慣有重大的關係。幸好在初中時我轉到全日制學校，有機會跟同學在校外的小店吃飯，而與人相處之道就開始慢慢培養了。

為了排除「五顏六色」的童年陰影，我讓我的孩子從小就嘗試各種食物。誒，不對呀！為什麼是我的童年陰影？已經是幾十年前的事。應該這樣說，是受到「家長自我補償」的心態驅使吧！

小孩子總有不服從的時候，看到不熟悉的食物，拒絕也是意料中的事。我總不能用「塞魚之法」對待她們。我用心地替那些奇奇怪怪，不受歡迎的食物改上有趣的名字，如芥蘭花變成小樹樹，經典的豆腐乳就換個西洋名字叫Chinese goose liver，恐怖反面教材如雲耳變成蟑螂！有趣如蓮藕切片改為車輪，只要引起她們的興趣，願意作出第一口嘗試，將來喜不喜歡吃就讓她們自己決定好了。很多時候我們會一起做一些菜式，尤其是那道枸杞子蓮藕，將小小的紅點放在藕片的洞裡，對小孩來說，就像波子棋（跳棋）一樣，既玩

我最喜歡的一道韓國名菜叫作「九節板」，而我的「九株蓮環」也不弱，起碼名稱取得妙。說不定有一天 Tony 會將這道菜引進韓國作廚藝交流，讓波子棋得以發揚光大！

得開心，又能鍛煉耐性，更加可以增進親子關係。

上周日買了一個特大蓮藕，興之所至，召集女兒與乾兒子一齊來做這道菜。將蓮藕切成九片，加上一棵棵小樹樹，稱之為「九株蓮環」最貼切不過了。聽起來真像氣勢如虹之大製作。

當做到最後一個步驟，就是放枸杞子時，老

二突然驚叫，說那感覺像是在擠鼻上的黑頭粉刺，眾人嘩聲抗議。當下，我突然從他們的歡樂笑聲中醒覺，我的小孩已長大，早已過了青春期，我能不放手嗎？

一九八七年為老二畫的素描。沒有技巧的筆觸，只有媽媽的愛意無限。

化腐朽為神奇

母親在一九二四年出生，今年正是她一百歲冥誕。一年多前，我已開始籌備這本名為《媽媽語錄》的書，以紀念這個特別日子。我很用心去寫關於母親的一些逸事，還加了母女之間的對話。有溫馨的，也有悲傷的。慨嘆用上幾萬字也不足以道盡我對她的懷念。

我相信母親從來沒想過女兒會以寫作來紀念她，因為我在求學時作文科不見得有多出色。她只知道女兒腦袋裡裝滿了音符和五線譜，再沒有多餘的空間兼顧別的興趣。可能她在天上一直等著我寫一首歌頌母愛的歌給她呢。暫時我能做到的是用文字先將她的生平事跡串連在一起，說不定有助於以後歌詞的構思和內容。

這段日子裡一直談及母親，彷彿回到以前每天和她生活在一起的快樂時光，充滿無比溫暖的感覺。以前的年代，人與人相處比較含蓄，就算親如母女，也不會主動地向對方表達心底話。如此「相敬如賓」，那血濃於水的關係自然而然就存在於我們之間。換到現今這一代，母女相處的方式已有所改變，變得輕鬆自在，坦誠相待而無所不談。突然想到自己在孩子的心中又是怎麼樣的一位媽媽？

曾經有一些報章雜誌訪問過我的女兒，雖說不是很嚴肅的提問，只是輕輕帶過而已，但她們的回答總是偏向好的一方面。這個是可以理解的，相信不會有孩子願意在記者面前說自己媽媽的不是。但事實到底是不是如報道一樣？那就很難求證。

我相信我在她們心中的 KPI（key performance indicators）評分是相當高的，尤其是每逢過農曆新年時都是我大顯身手的時候。傭人回鄉了，剩下菲傭姐姐，我這個平時不怎麼做家務的媽媽，在參加各種團拜活動之餘，還要兼顧家裡大小事務。記得有一年大年初一清早，我連小狗的便便也要負責，因怕外傭一時忘記我的叮囑，用掃把去清理，那可是華人過年的大忌啊！

不得不提的是我其中一項「拿手好戲」，那就是將家中的剩菜改頭換面，創作成為另一碟新菜式。雖說為了健康起見，盡量不要吃隔夜的飯菜，但是在過年期間，冰箱總是擠滿了各種食物，我只好花點心思讓家人重新發揮戰鬥力，幫忙解決食物囤積的問題。我對自己這強項充滿信心，名之為「化腐朽為神奇」。沒想到中文不太靈光的大女兒一不小心將這偉大的任務說成「化腐乳為腐皮」。

誒，這個菜式聽起來很不錯喔。說不定很快就會出現在我的專有菜單裡呢！

創作之四拼

紅腐乳加腐皮是素食的好材料

將過年剩下的橘子，加一些蔬果，五顏六色的，令食慾大增。

我倦了

相信世上沒多少位作曲家會寫一首歌來責怪自己，而我就是這特別的一位。當我的孩子年紀還小的時候，我為她們畫素描，這是很多媽媽（不管她會不會繪畫）都會為自己的心肝寶貝做的事情。

當孩子長大了，為他們寫歌就不是每個媽媽都能做到的事，這可是作曲家媽媽特有的權力啊！不過，看起來令人羨慕的不見得就是好事。別人可能不了解，在音樂人媽媽指導之下，學習路途未必就能一帆風順。也就是說，學習音樂本來應該是輕鬆美好的，我的孩子卻在無形壓力下「受苦」。這是我絕不願意看到的事情，但是，很遺憾的，它已經發生了。

當年還不到兩歲的 Natalie——我的大女兒，已經表現出她的藝術天分。我真不相信一個幼童，竟可以抱著一架玩具鋼琴，自彈自唱地將一首電視劇主題曲《阿信的故事》完整地唱出來。從我母親的回憶（準確度已很難考證），我大概從三四歲開始才會唱出一整首歌，據説當時所有人已經視我為「奇才」了。

不一樣的家庭背景直接影響小孩的成長，我小時候是在自由自在的空間裡「亂碰亂撞」地創造我的音樂世界，而我的孩子卻小心翼翼地踏上媽媽為她們鋪好的「康莊大道」。我自認是位好媽媽，作曲方面也算有點成績，但是我不得不承認「作曲家＋媽媽」的陳秋霞曾經是個徹底的失敗者。孩子體內都流著我的血，傳承了我的基因，我卻禁錮了她們的音樂細胞，使她們選擇放棄音樂。我該反省嗎？到底出了什麼問題？

靈感瞬間出現，必須抓緊機會記下來，然後再修改。有時候連自己都看不懂當時在寫什麼。

記得大概十年前的一個早上，我如常為自己泡了一杯香濃的英國茶，這個習慣已經維持超過四十年了。父母親還在的時候，是他們替我準備早餐的。他們離世後，濃郁的親情與無窮的懷念滲透在茶香中，讓我愛不釋手。那天早上，我凝視著那杯茶，杯底下的那塊杯墊（coaster）竟給了我重要的啟示：這些年來，我的孩子不就像這塊杯墊那樣，一直在杯子的壓力下生

這是 Natalie 第一次嘗試畫水墨畫，充分展示出她的藝術天分。我為參加婚宴的嘉賓訂製了印有這幅桃花的瓷器杯蓋作為回贈禮物。

活嗎？本來是親密的關係，卻因為多年累積的磨擦，導致出現了繃緊的局面，何等可惜！

沉重的心情驅使我走到鋼琴旁，希望這具「知心朋友」可以替我分憂。當時靈感突然而來，我為Natalie創作了一首名為《我倦了》的歌曲。在歌詞中，我以她埋怨的語氣投訴媽媽對她過分溺愛，希望可以選擇自己的路去實現理想……當創作完此曲的時候，我已淚流滿面。多少抑鬱，多年的心結竟憑一首曲而化解，母女倆的關係更藉此修好。Natalie 亦願意踏出一步，走進錄音室和我一起合唱，將這珍貴的時刻記錄下來，永遠留在我倆心裡。

二〇一三年，Natalie 出嫁了！在婚宴中，我走到台上向眾親友致詞。我重提那個「杯墊的故事」，並播放《我倦了》這首歌給大家聽。我滿懷欣慰地祝福我最親愛的女兒從此脫離杯墊這個角色，相反地，在以後的日子裡，她要當起充滿愛心的「杯蓋」，為自己的家帶來溫暖……從台下傳來的掌聲，我感受到在場的每一位都為這故事而感動，我也相信這是我有生以來在台上說過的最真摯感人的一番話。

疾病，真的這樣可怕嗎？

前一陣子為了準備首爾的個人書畫展，我鑽進書房的紙堆中，翻看一些舊作品，希望可以找到靈感，並構思新的題材。沒想到在其中一本書中，發現夾著一張寫有「感恩」二字的扇形紙。這幅泛黃又破爛的「作品」完全不起眼，所用的紙是平時練習用的玉扣紙，質量只是一般。但我為什麼會特別慎重地存放它呢？想必是有特別原因。

細讀下，題字記載了六年前當我在病榻上，慶幸自己能從香港回馬來西亞跟女兒共度生日。根據日期推算，那時應該是我剛接受完第一次化療。這張書法的「出土」來得正是時候，因為過幾天就是女兒的生日了。請余賦文老師用妙手回春之術，替「感恩」裝裱後，果然煥然一新，散發著溫馨典雅的氣息。這份生日禮物對我們母女來說，確是意義重大。

曾經身陷困境的人，才能真正體會到健康的重要。記得多年前我上過台灣綜藝節目《康熙來了》。訪問中，我談及自己的居家生活，除了抽煙，幾乎所有的壞習慣都與我有關。這包括少喝水、不運動、嗜過酸過辣的食物，最要命是淩晨熬至兩三點才上床……當主持人稱讚我的皮膚光滑時（可能只是客氣話），我還露出洋洋得意的表情。這種反面教材實在要不得，不但害了自己，也誤導信任我的觀眾，因為聽說節目播出後，還真有人打電話問有關我的美容之道呢！

為了不再讓愛惜我的親人擔心，我決定「重新做人」。慢慢地，我改掉那些可惡的陋習。雖然離一天八杯水還有一段距離（可能只是「三杯雞」的分量），起碼我已開始做運動，也從淩晨三點調整至一點上床了。這一切的改變，無時無刻提醒著我要好好珍惜生命。為此我還特地從《弘一法師手書嘉言集》選出兩句與疾病有關的嘉言，細心臨寫並以作為警惕。

要完成嘉言一點都不順利。不知道是心理作用，或是功力不夠，每當寫到「疾病」的時候就會出狀況。我重複了好幾遍，都未能寫出一幅我認為達標的。終於等到有一天，我問自己：「疾病，真的這樣可怕嗎？」對啊！我要面對它，並克服這障礙才對！我拿起筆，輕輕鬆鬆地寫了這幅作品。

這故事還沒結束，重點是當我落款時，竟然不小心讓墨沾到作品的右上角。一個顯眼的黑點就如同烙在我的心中。難道要重寫嗎？我倒覺得這次是一個考驗，抄嘉言的原意就是要讓自己學會包容與放下。在除掉陋習的同時，也應該稍微改變一下過於執著的性格。我欣然接受了這幅有瑕疵的作品，看來，《弘一法師手書嘉言集》又給我上了寶貴的一課。

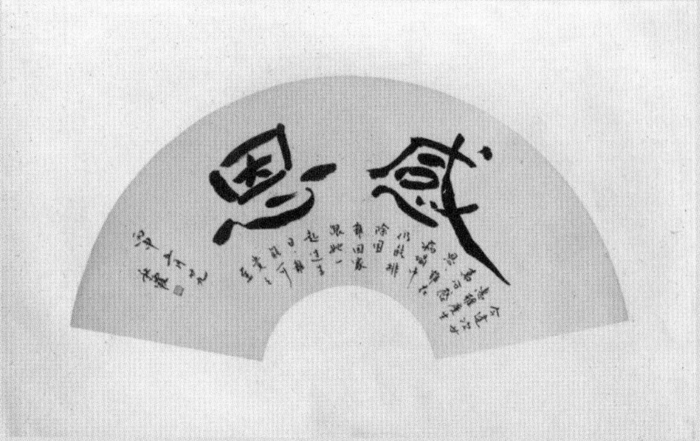

有感而發往往是真情流露，哪怕只是一幅隨意之作也具有收藏價值。

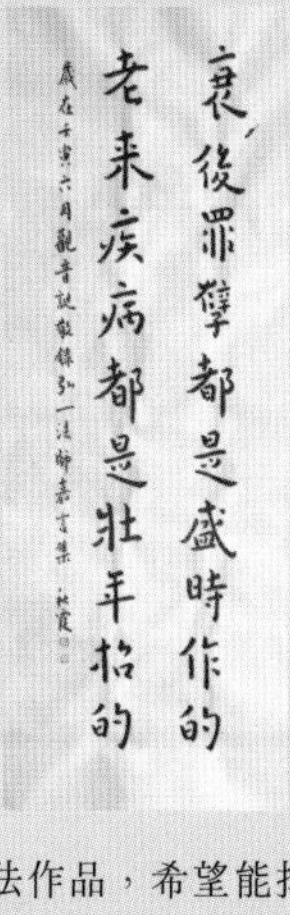

寫了一組《嘉言集》書法作品，希望能找到善心人士「領養」，藉以籌獲善款。但是考慮到不會有人想收藏一幅與疾病有關的字，只好用作自我警惕。

老二和舅舅是同一天生日，很多時候都一起慶生，還記得那是二〇一六年，中華總商會前任總會長丹斯里拿督戴良業特地選了班蘭蛋糕送給她，那是她最愛的口味。

期待秋夕

喜歡旅遊，不單單是為了欣賞風景。對我而言，探討當地風土人情和歷史背景才是我所追求的。如果將這些生活化的元素注入那美麗的畫面，將構成更加動人心魄的故事。試想想看，沒有動態的風景與一張明信片又有什麼分別呢？所以，我為了添增旅遊的樂趣，除了吃喝玩樂，同時也會嘗試多了解不同國家、不同村落部族一些特別的風俗習慣。若能到訪一些還沒有「進步」至太商業化的古城，更有恍如隔世的感覺。

在擁有十幾億人口的中國，不同地方和不同的風俗習慣，他們的禮節會出現很大的差異。而我的家鄉香港，雖然在中國地圖上只是佔一個小圓點的地區，但也有她獨特的港式文化。由於回歸中國以前曾經受英屬殖民管治，所以香港人的生活方式中西合璧。既受歐美影響，又保留一些中華民族的禮儀，以至他們的舉動，在某些人的眼中可能是與眾不同。

曾經有一位台灣朋友問我：「你們香港女孩子在結婚後真的會替丈夫剪指甲嗎？」我被她弄到一頭霧水，不知如何回應。後來才知道她是不止一次從香港製作的連續劇中看到這「賢妻良母標準示範」的情節，就連我這土生土長的香港人也不曉得。對，我怎麼會知道？我是嫁到馬來西亞去的啊！

說到禮節，就會想起中國與韓國在慶祝節日方面很多時候是相同的。如農曆新年、冬至、端午……在某程度上，韓國人在保存古人一些細節方面做到更到位。但是我察覺到，剛剛過去不久的一個重大節日：農曆七月十五日中元節，在韓國人的生活圈子就不太流行，甚至沒人提及。中國內地也不太注重這節日。其實，中元節（又名盂蘭節），是中國古代流傳下來祭祖大節之一。現今還盛行於台灣、香港以及東南亞一帶。另一說法是在這一天，地府（地獄）將放出全部鬼魂，民間會進行祭祀鬼魂的活動，有點像西方的萬聖節（Halloween）。

東方與西方的鬼節截然不同，最大的分別是，外國小孩以輕鬆愉快的心情到家家戶戶去取糖果，而華人家庭的父母卻會叮囑自己的孩子早點回家。我們小時候也不敢亂跑，提心吊膽地躲在被窩裡，以保安全。現在社會跟以前不一樣，半夜三更在大街小巷走動的人多的是，熱鬧非凡，說不定鬼魂也會嫌棄人間太過擁擠了。但身為家長的，無論孩子年紀有多大，科技有多發達，每逢這節日，我還是會不厭其煩地提醒我的女兒要注意安全，心裡總是惦掛著她們的行蹤，這就是親情吧！

自從患病以來，我倍感親情無時無刻地眷顧著我。在我需要住進醫院時，家人都會輪流在病房陪伴。有他們給我支持與安慰，我一次又一次咬緊牙關與病魔戰鬥。寫這篇文章的兩個星期前又逢一年一度的中元節，大部分的人都不太願意選那天去醫院探病。迷信的人經過醫院門口都會加快腳步，甚至繞道而行，而當晚我和女兒卻要在病房中「相依為命」。我拉著她的手，感謝地說：「今晚是鬼節，害怕嗎？你小時候總會躲在媽媽身旁。現在輪到你來保護我了。幸好有你！」她微笑著替我圍上披肩，整理一下頭頂上的圍巾，說：「你今晚真像一個 baby，乖寶寶快去睡吧！」

那一晚，我睡得很甜。

踏進農曆八月，中元節終於過了。就算鬼魂之傳說是真的話，地獄之門也應該緊緊關閉了。我彷彿通過了檢驗考試，真慶幸自己又熬過了。更令我雀躍的是，農曆八月十五已離我不遠，而秋夕正是我最愛的節日。我愛一家人開開心心團聚的氣氛，是何等幸福啊！期待濃郁的親情再一次擁抱著我，也擁抱著你們！

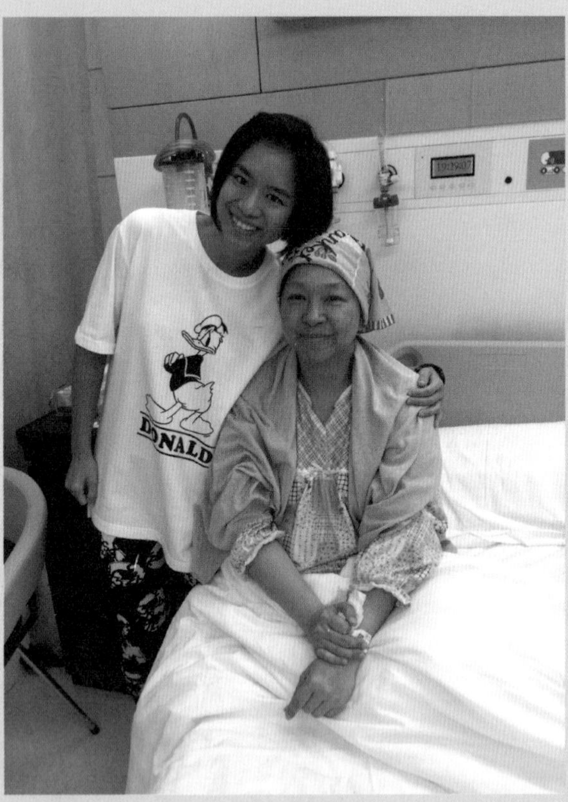

是否要將患病的照片公開？我曾經掙扎過。終於想通了，感謝護士小姐替我們拍下這珍貴的時刻。

媽媽是演說家

最近完成了兩年一次在北京清華大學舉行的「百盛——清華學報優秀論文獎」的頒獎典禮，回程時為了一個很重要的訪問，特地安排在香港留宿一晚。訪問者是香港非常資深的媒體人汪曼玲女士，訪問就在我下榻的機場酒店房間裡進行。時間上有點倉促，我們本預算一個多小時，結果做了快三小時的錄影才把她要問的（也包括她本來沒打算問的）順利完成。

汪姐笑說朋友常埋怨她喜歡打斷受訪者的回答，但是這次當我在滔滔不絕說話時，她想盡辦法也找不到機會插嘴。連她特邀充當攝影的好朋友也嘆道：「真是棋逢敵手！」

人的性格真的會隨著年齡增長而改變。以前沉悶的我，現今最享受的莫過於與朋友分享自己的經歷，而每次聚會都有說不盡的話題。記得有一次我在首爾為了答謝一位大企業總裁對我和家人的盛情招待，我特意安排與他共聚午餐。

在融洽的氣氛中，我們談笑風生，話題總離不開我十幾年來熱衷於慈善事業。不知不覺午餐結束時已是下午三點了。告別時，總裁很有風度地讓我和家人先上車，誰說韓國的 oppa 都是大男人主義啊？直到最近，當我和家人談起這頓長達三小時的午餐，乾兒子 Tony 才告知我其實當天他早已發現總裁偷偷地看了兩次手錶，而在旁的副總裁也曾用韓語暗示他下午開會的時間。我只顧「高談闊論」，完全沒有察覺當時的情況。我怎麼會是這樣後知後覺的人？居然在兩年後才知道曾經出現這尷尬的場面啊！為什麼沒有人及時提醒我！害我耽誤了別人的時間。以後一定要好好檢討，我可不想被列入黑名單啊！

前一陣子，我應邀出席一場九十分鐘的講座會。雖說過去也曾經辦過幾次類似的活動，而舞台對我本來也不陌生，但是唱歌和演説畢竟是不一樣的表演方式。以我的理解，要當一位出色的主講人，不單只要親自準備演講稿和有關資料（PPT當然是交給助手處理），更要細心觀察並有把握掌控現場觀眾的反應。

我本來也質疑自己的能力，出乎意料，我的孩子非常支持我多走向群眾，藉以發放正能量。她們還笑説：「媽媽隨時隨地不用看稿都可談足三小時，九十分鐘完全沒有難度。」我在想，他們到底是諷刺我？還是鼓勵我？

總而言之，在女兒的心目中，我這個媽媽無論在外或在內，永遠是一位稱職的「演説家」。

在韓國嶺南大學進行演講，是一場很開心的活動。台下一百多名學生都精神奕奕的，互動發問也很積極。我希望多參與類似的項目，自己心態也變得年輕啊！

學校後來發給我這張大合照。我找了很久才找到自己，證明我已經與大家融在一起了。

思念的季節

又到吃枇杷的季節了。自從二〇二一年寫過一篇文章之後，每年農曆五月，枇杷已經成為我的指定對象。就像吃櫻子一樣，就算價錢愈來愈貴，總會買一些回家「應節」。

早上剛剝了兩粒來吃，又想到《媽媽語錄》出版在即，毅然決定將這篇小文放進書中。原來我早在三年前已經開始用文字表達我對母親的思念。當時是即興提起毛筆就寫，心底的話最真實動人。

媽，願我無時無刻都想念你。

不是每個人都喜歡吃枇杷，因為它不像荔枝龍眼的濃郁甜美。我卻愛它淡淡的清香，高雅芬芳。

女兒惠雅知道媽媽喜歡吃枇杷，就買了日本和歌山的品種送我。當我看到價錢時，真有點不捨得吃。放在冰箱好幾天了，又擔心它壞掉。今天適逢五月十五全家準備吃素半天，我小心翼翼地拿出珍品，還好安然無恙。好極了，我就當早餐吃吧！回想早期在台灣拍電影時，我和母親第一次嚐到枇杷的美味。記得是一位長輩提著竹籃送來的。我細心地剝皮，弄到指甲都變黑了。母親看我這樣愛吃，說要替我削皮，我當然拒絕，好東西應該自己動手才對，吃完後剪指甲就是了。晃眼幾十年過去了，今天吃到女兒買的，味道一樣的甜美，散發著高雅的氣質，但感覺就不太一樣了。原來我一直愛吃的原因只是想拾回當年的一種情懷，對母親的想念。說不定也因為價錢不一樣，吃起來不夠痛快吧。

辛丑五月十五於吉隆坡賢情學堂書枇杷篇秋霞

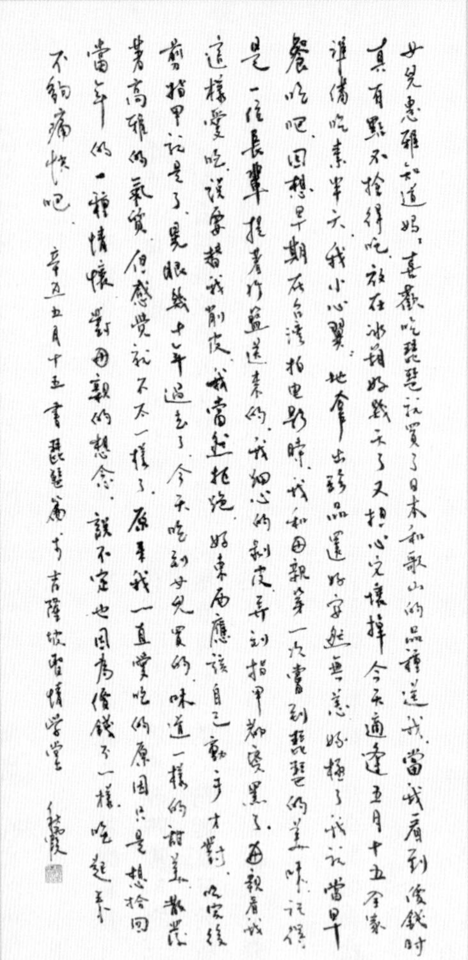

多年來學習書法有一個好處，就是靈感一來，隨性就可寫一篇小文。

後記

一年多以來，我很用心地寫了關於母親和自己當媽媽的四十八篇小文。換了別的專業寫作人，可能早就可以用更短的時間完成了。眼看這些文章將集結成書，出版在即，我的心情起伏不定。有著無比的欣慰，也有著沒法抑制的擔憂。我才發現要出版《媽媽語錄》原來沒有想像中的簡單。幸運的是，得到汪姐的穿針引線，和香港三聯團隊協助之下，終於可以達成為母親獻上這份禮物的願望。

在寫作的過程中，我曾經有過一些猶豫。雖說自己患病的事早已不是什麼秘密，而我也一直勇敢面對。但是每當提到母親臨終那段日子，我心中還是很難過，更不止一次因眼淚湧現而寫不下去。

後來，我嘗試用輕鬆的手法掩蓋離別的傷痛，以自嘲的態度去描述自己老去的面容和白髮的形象。慢慢地，我發覺說不定以後會演變成為我的寫作風格。我告訴自己不應考慮太多，自然而然，只要將心中最真誠的聲音說出來就是了。我深深明白，機會錯過了就不會再來，怎可能等到下個一百年啊！

鳴謝

金獅百盛基金會
拿督林國璋局紳
丹斯里拿督斯里李愛賢
丹斯里拿督戴良業
潘斯里杜潘吳志慧
丹斯里拿督黃福
金孝中

媽媽語錄

作者　陳秋霞
責任編輯　三聯編輯部
書籍設計　向天笑

出版　三聯書店（香港）有限公司
香港北角英皇道四九九號北角工業大廈二十樓
Joint Publishing (H.K.) Co., Ltd.
20/F., North Point Industrial Building,
499 King's Road, North Point, Hong Kong

香港發行　香港聯合書刊物流有限公司
香港新界荃灣德士古道二二〇至二四八號十六樓

印刷　美雅印刷製本有限公司
香港九龍觀塘榮業街六號四樓A室

版次　二〇二四年七月香港第一版第一次印刷
規格　大三十二開（125mm × 185mm）二六四面
國際書號　ISBN 978-962-04-5487-5

三聯書店
http://jointpublishing.com

JPBooks.Plus
http://jpbooks.plus